dink

딩크로운 삶
2인 가족의 티스푼은 몇 개가 적당한가

초판 1쇄 발행 | 2021년 7월 20일

지은이 김나현
발행인 한명선

편집 김종숙 **마케팅** 배성진 **관리** 박미실
디자인 모리스

주소 서울시 종로구 평창길 329(우편번호 03003)
문의전화 02-394-1037(편집) 02-394-1047(마케팅)
팩스 02-394-1029
전자우편 offcourse_book@daum.net
인스타그램 instagram.com/saeumbooks

발행처 (주)새움출판사
출판등록 1998년 8월 28일(제10-1633호)

ISBN 979-11-90473-62-0 03810

딩크로운 삶

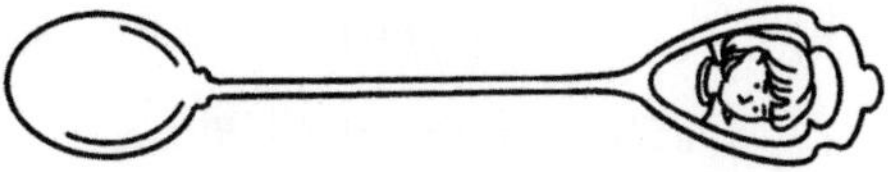

2인 가족의 티스푼은

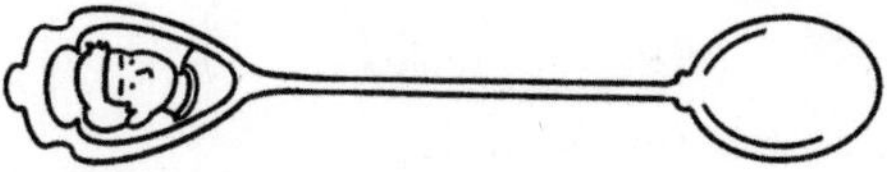

몇 개가 적당한가

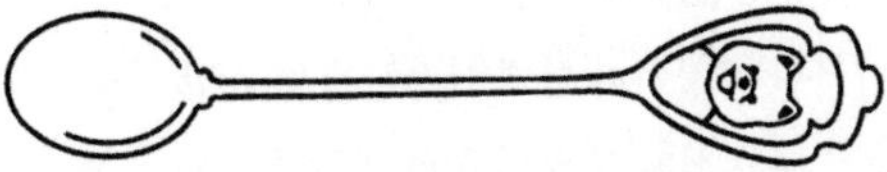

김나현 에세이

뜻밖

차례

2

생각만 해도 괜히
마음이 간질간질

3

적당한 살림,
합리적 행복

4

평범하지만
가끔은 진지한
딩크로운 나날

OUTRO

글을 마치며

글을 쓰면서

왜 딩크족이 됐냐고 물으신다면

저는 아이 없이 살기로 한 딩크족입니다. 딩크족의 사전적 정의를 찾아보면 정상적인 부부생활을 영위하면서도 의도적으로 자녀를 두지 않는 맞벌이 부부를 일컫는 용어라고 나옵니다. 아이 없이 사는 부부를 무조건 딩크족이라고 부를 수는 없는 것이죠. 자발적 혹은 비자발적 이유가 있을 수도 있고, 맞벌이를 할 수도 있고 안 할 수도 있겠죠. 정상적인 부부생활이란 대체 무엇을 뜻하는 건지 감조차 안 옵니다. 혹시 하루에 몇 회 이상 싸우면 비정상적 부부라 부를 수 있는 건지, 아니면 몇 년 동안 단 한 번도 싸우지 않으면 정상적인 건지, 사실 잘 모르겠습니다. 아무튼, 제 삶은 딩크족의 사전적 정의와 꽤 맞아떨어집니다. 대화가 잘 통하는 남편과 이심전심하며 살고 있고, 서로 합의하여 의도적으로 아이를 갖지 않기로 했습니다. 또 직업을 갖고 꾸준히 일하면서 커리어를 쌓고 있습니다. 그렇지만 사전辭典의 한 줄 요약이 저의 켜켜이 쌓인 이야기를 다 담아내지는 못하겠죠. 이 책은 딩크족으로 살기로 한 저의 가볍지만 때론 진지한 삶의 순간을 담은 사전私典일 수 있습니다.

만약 이 책을, 딩크족을 선언하고 주변의 반대에 맞서 싸우는 독립적인 여자의 사투를 기대하고 펼쳤다면 다소 실망하실 수도 있습니다. 저는 어렸을 때는 스스로 꽤나 까칠하고 예민하다고 생각했습니다. 하지만 먹고살기 위해 어쩔 수 없이 조직 생활을 하게 되면서 내 안에 둥글둥글하고 원만한 성격이 있다는 것을 알고 깜짝 놀랐습니다. 회사에서 저는 눈치도 빠르고 말도 금방금방 알아듣고 다른 사람의 이야기를 경청해 중간에서 문제도 해결하고 야근도 잘하거든요. 독립적이고 까칠한 내가 이렇게 사회생활을 잘 해내고 있다는 게 스스로 믿기지 않아 사주를 봤는데, 원만한 성격을 타고났으니 딱 조직형 인간이라는 실망스러운 말만 들어야 했습니다. 스스로 아니라고, 아니라고 계속 부정했지만 이 정도 되면 새롭게 자각한 자아(?)를 받아들여야 하지 않을까 싶습니다. 아무튼, 오지랖 넓은 누군가가 저에게 다가와 "왜 아직도 아이를 안 낳아? 빨리 낳아야지."라고 참견하면 "당신이 뭔데 남의 인생에 이래라저래라 합니까?" 이렇게 따지는 인간은 절대 아니라는 겁니다. 그저 웃어 넘기죠. 대충 얼버무리면서요. 이런 성격의 사람들은 대체로 사회의 여러 불합리와 모순도 웬만하면 그러려니 하고 받아들이면서 타인과 조화롭게 살아가길 원합니다. 상사가 말도 안 되는 '아재 개그'를 해도 '썩소'를 감추고 재밌다고 웃어줍니다. 그 역시 힘들게 조직생활하고 있는 거 아니겠습니까. '나 때는 말이지'를 들먹이는 꼰대도, 며느리에게 이런저런 걸 원하는 시부모님의 마음도 이해합니다. 그럴 수밖에 없는 그들 나름의 이유가 있을 거로 생각하면서 말이죠.

그렇다고 마냥 순응적인 사람은 아닙니다. 이건 아니다 싶으면 할 말은 합니다. "왜 아이를 안 낳아? 빨리 낳아야지."를 여러 차례 지적하면 그때는 솔직하게 말합니다. "그렇게 여러 차례 질문하는 거 솔직히 불편합니다. 제 개인적인 선택이니 더는 듣고 싶지 않습니다." 이러면 웬만한 '또라이' 아니고는 더는 말하지 않습니다. 이 사회의 여러 관습과 모순을 나름 받아들이면서 다른 사회 구성원들과 원만하게 잘 지내길 바라는 마음은 나 역시 인정받고 받아들여지길 바라는 마음에서 시작된 것입니다. 그러니까 누군가 자신의 가치관을 저에게 강요할 때는, 그리고 왜 그렇게 사냐고 비난할 때는, 이 세상에 분명히 존재하는 또라이들에게는 할 말을 합니다.

"이건 제 일인데요?"

어느 날 스스로 질문해봤습니다. 왜 우리 부부는 아이 없이 살기로 했을까. 이 주제에 대해 남편과 자주 이야기를 나눠봤지만 속이 후련한 답을 찾기는 어려웠습니다. 그러다 어느 순간 깨달았습니다. 한 사람의 인생관 혹은 가치관의 결정적 이유를 찾는다는 게 때론 불가능할 수 있다는 것을. 그건 마치 퍼즐 같은 거예요. 조각들이 만나 하나의 그림을 완성했는데 이 그림에서 결정적인 조각이 뭐냐고 묻는 것과 같은 것이죠. 지금까지 경험이 '나'라는 사람을 만들어가고 있는데, "넌 대체 왜 그렇게 사니?"라고 물으면 딱 맞은 답을 내놓기가 힘들어집니다. 결국 "어쩌다 보니 저는 이런 사람이 되었네요."라고 어색하게 웃으며 대답할 수밖에 없더라고요.

그러던 어느 날, 질문 자체가 잘못됐다는 것을 깨달았습니다. '왜 딩크족이 되었는가.'는 내 삶을 관통하는 핵심적인 질문이 아니었던 겁니다. 질문을 바꿨습니다. '지금 나는 행복한가.' 이 질문이 지금의 나를 설명할 수 있는 더 근본적인 질문이었습니다. 누구나 행복한 삶을 꾸려가는 저마다의 방식이 있습니다. 그리고 자신의 행복을 추구하는 그 방식은 존중받아 마땅한 거 아닐까요.

지금까지 아이 없이 살기로 했다는 결정을 가능하면 숨기는 방향으로 사람들을 대했습니다. 혹시 누군가 물어보면 말을 돌리려 했죠. 얼버무리기. 이게 제가 구사할 수 있는 최대의 전략이었습니다. 저는 일반적이지 않은 제 삶의 방식이 타인에게 불편할 수도 있겠다고 가정하고 최대한 말을 아끼려 했었어요. 어쩔 수 없이 드러내야 할 땐 타인의 쏟아지는 궁금증이 버겁기도 했지만, 더 근본적으로 '넌 나와 다르네.'라고 선을 그어버리는 것에 대한 두려움이 있었습니다. 나는 내 삶에 이렇게 당당한데 왜 한편으로 이리 옹색해져야 하는가. 이 복잡한 심경 속에서 솔직하게 제 이야기를 써보기로 했습니다. "딩크라고 해서 이상하고 예민하고 괴짜 같은 사람들이 아니랍니다. 사실은 집에서 둘이 뒹굴뒹굴하는 걸 제일 좋아하는 그저 평범한 사람들입니다."라고 말입니다.

그래서 왜 딩크를 선택했는지 구구절절하게 변명하기보다는 제 생각들에 '딩크로움'이란 이름을 붙여 세상과 소통해보고자 합니다. 제가 임의로 만든 이 단어, 딩크로움은 저의 여러 가지 모습을 담고 있습니다. 자유로운 영혼, 현재에 대한 충실함, 자기 성장에 대한 욕구, 행복, 주체성까지 제 삶 하나하나에 대한 고민과 결정, 그리고 애정을 포함하고 있습니다. 아이 없는 삶을 선택하는 과정은 평균 수명 80세까지 산다고 가정했을 때 지금까지의 삶을 반추해보고 앞으로 어떻게 살지를 결정하는 정말 중요한 단계였습니다. 마치 애벌레가 허물을 벗는 과정처럼 말이죠. 그래서 이 책은 한 사람이 삶의 형태를 결정하고 자신의 인생을 어떻게 꾸려 나갈지를 고민하는 존재론적 고찰을 담고 있습니다. 또 저라는 존재를 끊임없이 사랑해주고 지지해준 사람들에 대한 애정까지 담아봤습니다. 스스로 한 가족을 꾸리면서 부모님이 나에게 보내준 무한한 긍정이 얼마나 고마운지를 깨달았고, 이 고해의 바다를 함께 헤쳐 나갈 남편이 곁에 있다는 게 얼마나 소중한 일인지도 깨달았습니다. 어떤 사람이 이 세상에 어깨를 펴고 당당하게 나설 수 있는 것은 누군가에게 무한한 지지를 받아서가 아닐까요. 제가 그들 덕분에 작은 어깨를 활짝 펼 수 있었던 것처럼 작은 바람이지만 이 책이 어떤 식으로든 '나의 길'을 추구하며 사는 누군가에게 무한한 지지가 되었으면 합니다.

원래 긴 글은 한 줄 요약을 달아주는 시대 아닙니까. 저의 한 줄 요약은 이렇습니다.

"저는 제 방식대로 오늘도 행복합니다."

모든 에세이가 그렇겠지만 자기 앞의 생을 살아가는 이 시대 사람들과 소통하고 누군가의 삶에 공감하며 웃을 수 있길 바랄 뿐입니다. 그렇게 모두 행복하길.

INTRO

우리 그냥 한날한시에 죽을까?

"오빠, 나 죽으면 꼭 묻어주고 가야 해."

"물론이지, 오빠만 믿어."

신혼 초, 나는 이 말을 철석같이 믿었다. 하지만 너도 내 나이 되어보면 알 거라면서 앉았다 일어나면 '에구구' 소리를 달고 사는 여섯 살 연상 남편, 집안 대대로 당뇨 유전이 있는데도 환타와 크리스피 크림 도넛을 사랑하는 남편은 결혼하고 얼마 지나지 않아 허리디스크 판정을 받았고 신장결석으로 돌까지 깨고 왔다. 이런 남자가 과연 나보다 오래 살아서 날 묻어주고 갈 수 있을까. 불안한 마음에 자꾸 되묻는다.

"오빠, 그 약속 기억해?"

"뭐?"

"내가 죽음이 두려운 이유 얘기해줬잖아. 난 내가 소멸하는 건 그다지 두렵지 않아. 죽어보지 않아 정확한 느낌은 모르겠지만 마치 잠들 때 까무룩 의식을 잃는 것처럼 생이 끝나는 것도 그런 비슷한 기분일 거 같아. 더구나 늙고 병든 몸을 드디어 떠난다는 사실에 심지어 자유로운 기분마저 들 거 같아. 하지만 그 순간 혼자인 건 정말 싫어. 마지막에 누가 내 손을 잡아주고 머리도 쓰다듬어주면서 무섭지 않은 거라고 다독여줬으면 좋겠어. 내가 널 기억해줄 테니까 이제 편안하게 가도 된다고 그렇게 다정하게 말해줬으면 좋겠어. 근데 그 순간 혼자라면 정말 너무 외로워서 죽으려야 죽지 못할 거 같거든. 그러니까 날 정말 사랑한다면 그렇게 내 마지막 순간을 지켜주고 나 묻어주고 난 다음에 가겠다는 그 약속 말이야."

"아, 기억하지. 오빠만 믿어."

"으응." (근데 예전처럼 신뢰가 가지 않는 걸 어쩌나……)

자녀가 없는 부부는 자녀가 있는 부부에 비해 파트너의 건강에 더 신경 쓴다는 이야기를 들은 적이 있다. 아무래도 가족이라고는 오직 둘뿐이니 상대방의 변화에 민감하고 관심이 많을 수밖에 없을 거 같다. 자꾸 남편의 건강이 신경 쓰이는 건 미래에 대한 불안감 때문 아닐까. 혼자 남게 될 두려움 말이다. 두 사람 중 한쪽이 아파버리면 둘이 행복하게 살자고 선택한 삶에 치명타다.

그래서 오늘도 남편에게 잔소리한다. 이제 환타는 사 오지 말자, 도넛은 한 달에 한 번만 먹자, 동네 수영장 리모델링이 끝나면 꼭 등록해라, 이렇게 어르고 달래고 애원한다. 하지만 남편은 그래도 우리 집안엔 암으로 죽은 사람은 없다며 걱정하지 말라고 한다. 물론 나도 안다. 그도 그 나름 늙음을 속상해하고 있다는 것을. 방금 찍은 자기 사진을 들여다보며 아저씨 다 됐다고 헛헛하게 웃거나 효과가 좋다는 탈모 방지 샴푸에 관심을 두는 걸 보면 짠하다. 어쩌면 내가 저 사람을 묻어주고 가야 할 수도 있다. 나보다 연상이고 통계학적으로 여성이 남성보다 더 장수한다고 하니. 내 앞에 닥친 현실을 받아들여야 한다. 그래도 나는 도저히 당신 묻어줄 자신이 없는데…….

"오빠, 그냥 우리 한날한시에 같이 죽을까?"

1

자연스러운 선택, 딩크

한쪽만 사랑하다
함께 사랑하게 된 10년 연애

우리의 만남은 책에서 시작됐다. 첫 만남은 온라인 채팅을 통해서였는데, 그가 재미있게 읽은 책 이야기를 했고 나는 그 미끼를 덥석 물었다. 책을 빌려달라는 핑계로 만나게 된 것이다. 그에게 매력을 느낀 것도 내가 좋아하는 작가인 알랭 드 보통의 책들을 읽었고 그 내용으로 대화가 가능한 사람이었기 때문이다. 그때부터 취향 저격 대화에 홀려 있었다. 그런 그가 최근에 아주 재미있게 읽은 책이 있다며 그것을 아예 나에게 주겠다고 했다. 그가 그토록 극찬한 책은…… 『기생충 제국』이었다.

뭐지? 처음 만나는 여자와 '기생충' 이야기를 하겠다고?

이로부터 15년 후 봉준호 감독이 〈기생충〉으로 아카데미작품상을 휩쓰는 바람에 지금은 기생충이란 단어가 그렇게 어색하게 느껴지지 않지만, 당시 호감을 둔 남자에게 그 단어를 들었을 때는 어떤 반응을 보여야 할지 난감했다. 하지만 『기생충 제국』에 대한 그의 예찬은 진심이었다. 사람들에게 잘 알려지지 않은 책이지만 읽다 보면 빠져드는 책이란다. 흔히 생태계 피라미드 구조에서 기생충은 다른 개체에 빌붙어 살아야 하기에 제일 말단에 있는 존재라 여겨지지만, 알고 보면 숙주를 조종하고 죽이기까지 하는, 그야말로 생태계 머리 꼭대기에 있는 존재이며, 이들이 숙주를 조종하는 과정에서 어쩌면 그 숙주의 진화를 주도하고 있을지도 모른다는 게 이 책의 주요 내용이다. 기생충을 바라보는 새로운 시각을 제시하고 있는 데다 번역 또한 매끄러워 아주 잘 읽히는 책이라며 극찬에 또 극찬을 해댔다. 원래 어딘가에 꽂힌 열정적인 사람은 매력적으로 보이는 법인데, 나는 이 책을 추천하는 남자의 저의가 뭘까 이리저리 의심하다가 알랭 드 보통을 믿어보기로 했다. 알랭 드 보통은 『왜 나는 너를 사랑하는가』에서 사랑에 빠지는 걸 이렇게 설명했다. 어쩐지 부족하고 모자란 것 같은 나란 사람에 비해 한없이 우아하고 고상한 취향을 가진 것 같은 상대방에게 빠져드는 현상, 이게 눈먼 사랑의 시작이라고. 나는 이미 그가 선택하는 어휘와 그 문장에 배어 있는 예민한 취향에 푹 빠져 있었다. 그가 말하는 모든 게 특별하게 보였다. 아, 어려운 말보다 이런 상태를 설명하는 아주 정확한 우리말 표현이 있다. 나는 완전 콩깍지가 씐 것이다.

그에게 건네받은 『기생충 제국』을 가방 속에 넣어두고 차 안에서 함께 이야기를 나눴다. 달빛이 좋아 내가 한마디 건넸다.

"달이 참 밝다."

그가 대답한다.

"그렇네. 근데 말이지, 저 달도 그렇고 어쩌면 당신과 나도 말이야, 모두 같은 별의 아이들이라는 거 알아?"

"그래?"

"응. 지금의 태양계는 태양이 태어나기도 전에 폭발한 어느 별의 잔해로 만들어진 거잖아. 결국 저 달, 당신 그리고 나, 우리 모두 같은 별의 잔해로 만들어진 거지."

"와, 재밌는 생각이네."

"응. 양자역학에서 말하는 양자 얽힘 관점에서도 생각해보면……."

"양자 얽힘이 뭔데?"

"쉽게 말해 서로 얽혀 있는 두 개의 양자는 아무리 멀리 떨어져 있어도 한쪽의 상태가 변하면 즉시 다른 한쪽에 그 결과가 반영된다는 이야기야. 심지어 우주 반대편에 멀리 떨어져 있어도. 생각해보면 우리를 구성하고 있는 원자들도 모두 양자의 토대 위에 만들어져 있고, 태초에 빅뱅이 있었을 때 이 우주를 구성하는 모든 물질이 한 점에서 만들어졌다면, 이 우주에 함께 살아가는 우리, 사람들뿐만 아니라, 동물들, 지구, 심지어 달과 별들도 수조 개의 원자들 속에 아무리 못해도 한두 개쯤 얽혀 있는 양자를 나눠 가지고 있을지도 모르잖아. 그럼 나의 작은 변화가 상대방에게도 어쩌면 아주 작은 변화를 줄지도 모르지. 사실은 이 우주 전체가 서로 어떤 식으로든 연결되어 있는지도 몰라."

"그건 마치 불교에서 말하는 자비심의 원래 뜻과도 비슷하네. 너와 나라는 분별심을 거두면 그 경계가 사라지고 너와 내가 다르지 않다는 깨달음 말이야. 그렇다면 타인의 고통도 내 고통이 되고 그 고통을 자애로운 마음으로 볼 수 있게 되지."

"맞아. 그게 곧 불교적 깨달음이라 할 수 있지. 너와 내가 다르지 않다는 생각. 가만 보면 양자역학은 은근히 불교와 닿아 있는 부분이 많아."

"그래? 어떤 부분이 그런데?"

"예를 들어, 아인슈타인과 닐스 보어가 오래전에 직접 만나서 논쟁을 벌였던 이야기인데, 양자역학의 확률론이 영 마음에 안 들었던 아인슈타인이 닐스 보어에게 '당신이 달을 보기 전에는 달이 존재하지 않는 것인가?' 라고 딴지를 걸었거든. 거기에 닐스 보어가 '이 세상 그 누구도 달을 바라보지 않았다면 달이 그곳에 있는지 누가 확인할 것인가. 달의 존재를 확인하는 방법은 달을 바라보는 것이다.'라고 답을 했대. 비유이긴 하지만 관측하기 전에는 달은 그곳에 있거나 혹은 없거나 결국 '확률'로만 존재한다는 이야기야. 달이 있는지 없는지, 혹은 붉은 달인지 하얀 달인지, 큰 달인지 작은 달인지, 그 모든 것이 확률로 존재하지만, 누군가 그것을 인식할 때야 비로소 존재가 '확정'된 거잖아. 그런데 그 달을 바라본 사람의 관점에서 생각해보면, 달을 인식할 때 비로소 확정되었으니, 살짝 비약하면 달을 바라본 그 마음이 달을 '만들어냈다'라고 생각할 여지도 충분한 거 아니야?"

"아, 이 세상 모든 사물은 내 마음이 만들어냈다는 건가?"

"그렇지. 그리 따지면 '일체유심조'와도 닿아 있는 부분이 있는 거야. 또 그리 본다면 김춘수의 〈꽃〉은 존재론과 인식론에 대한 아주 깊은 성찰이 담겨 있는 시야. 심지어 양자역학 이론까지도 담고 있어. '내가 그의 이름을 불러주기 전에는 그는 다만 하나의 몸짓에 지나지 않았다'라는 것은 관측 이전의 파동함수가 가지는 불확정성을 의미하는 것이고, '내가 그의 이름을 불러주었을 때, 그는 나에게로 와서 꽃이 되었다'라는 것은 관측하는 순간 확률이 꽃으로 수렴하여 꽃으로 확정된 것이니까 말이지."

물끄러미 그를 바라본다. 어둠 속에 그의 얼굴이 밝게 빛난다. 달빛이 아닌 가로등 불 때문이겠지만, 그 순간 중력이 사라지고 달덩어리가 내 마음으로 쿵 떨어진 기분이었다. 나와 그를 가르던 경계가 사라지고 내 영혼 전체에 알 수 없는 떨림이 느껴졌다. 그렇게 나는 그 남자를 '확정'해버리고 말았다.

사랑의 포로가 되어버린 나는 그와 사귀고 싶었다. 그의 여자친구가 되고 싶었다. 하지만 그는 나에게 반하지 않았고 내 마음을 부담스러워했다. 더구나 나를 만나기 전 지난 연애의 실패로 '사랑 따위 개나 줘버려'를 내뱉으며 시종일관 내 마음을 외면했다. 하지만 내 사랑도 꽤 맹목적이었다. 나는 그가 나를 사랑하지 않아도 괜찮았다. 여자친구가 아니어도 괜찮았다. 그가 너무 특별하고 소중한 존재로 느껴져서 그와 만날 수만 있다면 이 관계에 어떤 명칭을 붙인다 해도 상관없었다. 그저 그 사람 곁에 있고 싶었다.

내 콩깍지가 어느 정도였냐면, 당시 그는 불만이 많았던 회사를 때려치우고 인생 방황을 시작하던 시기였다. 전부터 해보고 싶었다면서 자동차 정비를 배우는 것까지는 좋았다. 뜬금없이 수염을 기르겠다는 거다. 나는 모든 남자의 수염이 턱 전체를 두르면서 멋있게 나는 줄만 알았다. 그 사람을 통해 남자 중에서도 털이 잘 안 나는 남자가 있다는 걸 처음 알았다. 하긴, 헤어 분야에서만큼은 그는 한없이 취약하긴 했다. 자기는 나이 들면 탈모가 올 거라고 강력한 유전자의 힘은 어쩔 수 없다고 한탄했는데, 그제야 그의 한없이 가늘고 힘없는 머리카락이 눈에 들어왔다. 수염도 딱 그런 식으로 났다. 그 모양은 굳이 비유하자면 딱…… 이방 수염이었다. 어쩌면 사극에서 이방들의 수염은 일부러 그렇게 만든 게 아니라 정말 수염이 안 나서 그런 모양일 수도 있겠다는 사실을 새삼 깨달았다. 아무튼 그 얍실하고 없어 보이는 수염마저도 사랑했으니, 나의 콩깍지도 참 대책 없었다.

그는 그런 내가 가여웠던 건지, 신경 쓰였던 건지, 아니면 삶이 지루했던 건지, 어떤 이유인지 모르지만 결국 사귀자는 내 말을 승낙해줬다. 하지만 사랑과 연애는 별개였다. 그가 나를 사랑하지 않는다는 것을 알고 있었지만 그 사실을 애써 외면했다. 나를 사랑하지 않는 사람과 사귀는 일은 억지로 붙여놓은 깨진 유리컵 같았다. 그와의 데이트는 어쨌든 즐거워서 기쁨으로 마음이 충만해졌지만 그건 딱 그때뿐이어서 만나고 있지 않을 때는 그 차올랐던 감정이 깨진 틈 사이로 줄줄 빠져나가는 기분이었다.

그래도 만날 수 있다는 것만으로도 행복했다. 연애의 권력은 그런 거였다. 더 사랑하는 쪽이 약자고 을이었다. 더 가까워지고 싶어 한 발짝 다가가면 벽에 가로막힌 기분이었다. 때론 행복하고 때론 비참한, 극단의 감정을 반복하면서 나는 등만 바라보는 이 사랑에 점점 지쳐갔다.

결국 나는 나에게 호감을 보이며 잘해주는 다른 남자에게 마음이 흔들렸고 새로운 사랑을 시작해야겠다고 결심했다. 그래서 그에게 이별을 선언했는데 그가 나를 붙잡았다.

"가지 마. 이제야 당신을 사랑할 수 있을 거 같은데…… 가지 마."

그는 가랑비에 옷깃이 젖는 줄 모르고 있다가 결국 온몸이 젖은 걸 뒤늦게 알았다고 고백했다. 나와 함께 있으면서 그는 조금씩 젖어들고, 변하고 있었다. 다만 그걸 내가 떠나려는 찰나에 깨닫게 된 것이다. 그 역시 지난 사랑의 상처를 깊이 간직한 채 또 상처받을 게 두려워 마음을 굳게 잠그고 어두운 터널을 지나고 있었다. 그 끝날 것 같지 않은 터널 속에서 자신의 손을 잡아준 사람은 오직 나밖에 없었다고 눈물을 흘리며 호소했다. 그 고백은 내가 그렇게나 열렬히 듣고 싶었던 거였다. 머리가 띵할 정도로 기뻤지만 이제야 고백한 그가 원망스러웠다. 그의 말이 진심이라는 걸 알았지만 나는 그를 떠날 수밖에 없었다. 사랑도 결국 타이밍이라고 그 고백은 너무 늦었던 것이다.

그렇게 그를 뒤로하고 시작한 내 새로운 연애는 일 년도 채 안 돼 타고 남은 재처럼 식어버렸다. 새로운 사랑은 다정했지만 그뿐이었다. 영혼을 강타할 정도의 강렬한 울림이 없었다. 나는 염치없이 다시 그를 그리워했다. 왜 그랬을까. 그의 마지막 고백 때문이었을까. 그렇게 열렬히 나를 붙잡았기 때문일까. 그가 나무처럼 그 자리에 서서 나를 기다리고 있을 거로 생각했다. 계속 사랑의 을로 살다가 처음으로 갑이 되어 생겨난 잘못된 자신감에 빠져 다시 그에게 연락했다.

그는 나와의 이별로 극심한 슬럼프에 빠져 있다가 간신히 이겨낸 상태였다. 마음의 문을 열자마자 상대방이 떠나버린 충격이 커 심한 우울증을 앓았던 그는 되돌아온 나를 얼떨떨하게 반가워하면서도 때론 신랄하게 비난했다. 나는 드라마 〈가을동화〉의 여주인공이 되어 그녀가 했던 유명한 대사 "난 나무가 될 거야."를 따라 하며(비련한 말투까지도 흉내 내며) 이 남자에게 매달렸다.

"나는 오빠가 나무처럼 그 자리에 서 있을 줄 알았

어."

그는 그 드라마를 못 봤던 게 틀림없다. 그러니 이 말을 이렇게 받아쳤겠지.

"흥! 나무는 개뿔! 기껏해야 야채쯤 되겠지. 야채 오빠다. 야채 오빠."

그래, 자기를 버리고 떠났다가 돌아온 여자에게 아주 단단히 삐져 있는 그를 나는 이해했다. 야채 오빠도 그냥 던진 농담 같지 않았다. 뿌리를 굳게 내리고 그 자리에 있는 나무와 달리, 야채 오빠는 야채를 빨리 발견하고 캐가는 사람의 바구니에 담겨 훌훌 떠날 것같이 가볍기 그지없는 단어였다. 그는 야채 장수 아저씨의 확성기에서 흘러나오는 "야채가 왔어요, 과일도 왔어요." 같은 심드렁한 말투로 나에게 말했다.

"그럼 날 유혹해봐."

아, 정말 많이 삐졌구나. 저렇게 말할 정도면 말이다.

그래서 속죄하는 마음으로 처음 그를 사랑할 때처럼 열심히 유혹해봤다. 하지만 그는 그 옛날의 내가 그랬던 것처럼 내가 아닌 다른, 새로운 사랑을 선택해서 떠났다. 함무라비 법전처럼 '눈에는 눈, 이에는 이'를 그대로 적용해 나를 심판한 것일까. 나는 말없이 그를 보내줬다. 지은 죄가 있었기 때문에. 그날 그를 마지막으로 만나고 돌아오는 차 안 라디오에서 이승철의 〈인연〉이 흘러나왔다.

지워질 수 없는 아픈 기억들
그리워하면서도 미워하면서도
난 널 너무 사랑했었나 봐요
그댈 보고 싶은 만큼 후회되겠죠

드라마 〈불새〉의 주제곡이었던 이 노래가 이렇게 슬픈 노래인지 새삼 깨달았다. "어디 타는 냄새 안 나요?" "내 마음이 불타고 있잖아요." 이 패러디로만 기억했던 드라마가 이렇게 슬픈 주제곡을 담은 드라마였다니. 달리는 차 안에서 목 놓아 울었다. 이제 그를 영영 못 본다고 생각하니 내 속이 벌겋게 타들어가는 기분이었다. 온몸에 힘이 풀렸다. 내가 그의 손을 놓아버렸기 때문에 이렇게 벌을 받는구나. 자책하고 또 자책했다. 다시 한번 〈가을동화〉의 송혜교가 되어 그에게 마지막 말을 남겼다.

"내가 나무가 되어볼게. 그러니 언제든지 다시 돌아

와."

몇 달 후 그가 나에게 전화를 걸었다.

"당신, 아직 그대로 있어?"

"응."

하지만 나는 그대로가 아니었다. 나는 더는 보잘것없는 자존감에 나를 사랑해달라고 매달리는 작은 묘목이 아니었다. 상대방이 마음을 열 때까지 기다릴 수 있고 다시 돌아온 그를 품어줄 수 있는, 거목은 아니지만 그래도 제법 큰 나무로 성장해 있었다.

그제야 우리는 진짜 연애다운 연애를 시작할 수 있었다. 사랑의 서열, 밀당, 갑을 전쟁을 한바탕 겪고 나니 비로소 그와 내가 평등해진 느낌이었다. 나보다 잘나고 멋진 사람이라는 환상을 거두니 그 역시 이해받고 존중받아야 할 하나의 외로운 존재라는 것을 알게 됐다. 내 내면에는 '내가 이만큼이나 했는데, 왜 날 더 사랑하지 않느냐'는 사랑의 불안감이 완전히 사라졌다. 이렇게 좀 더 성숙한 사랑을 하니 시간이 지날수록 그가 하는 말과 행동을 신뢰할 수 있었고, 그 역시 진심으로 나를 믿어줬다. 내가 만약 누군가와 결혼을 해야 한다면 이 사람과 하겠구나, 하는 생각이 들었다. 하지만 굳이 결혼을 하지 않아도 좋았다. 이렇게 서로의 생각을 잘 이해하는 연인이 있다는 것만으로도 내 삶은 충분히 아름다웠다.

그때 내가 얼마나 행복했냐면, 우연히 차에서 박명수의 〈바보가 바보에게〉라는 노래가 나왔는데, '박명수가 이렇게 노래를 잘 불렀나'라며 순간 이승철이 부른 줄 알고 깜짝 놀랐다(박명수 씨가 이승철 씨 흉내를 많이 내긴 했다). 그 유치뽕짝한 가사의 노래가 이렇게 아름답다니, 내 마음속 충만한 사랑과 여유가 이렇게 세상을 아름답게 만들었다. 차 안에서 이승철의 노래를 듣고 통곡하던 때가 엊그제 같은데 말이다.

바보도 사랑합니다. 보내주신 이 사람
이제는 다시는 울지 않을 겁니다.
나 이제 목숨을 걸고 세상 아픔에서 지켜낼게요.

하지만 이 완전할 거 같은 연애에 다시 금이 갔다. 대체 얘들은 언제까지 헤어졌다 만났다를 반복할까 한숨이 나온다면 이제 마지막 이별식이니 걱정하지 마시길.

내 내면에 사랑에 대한 불안함은 완전히 해소됐지만 미래에 대한 불안함은 해소되지 않았다. 당시 나를 비유하자면 자라나는 '싹'이었다. 앞으로 나아가려는 성장 욕구가 강했고 주변 환경도 나를 받쳐주는 좋을 때였다. 하지만 그는 달랐다. 그는 땅속 '씨앗' 같은 시절을 겪고 있었다. 사방이 어두컴컴했고 땅 위로 싹을 틔우기 위해 안간힘을 써보지만 아무도 알아봐주지 않는 때였던 것이다.

서로의 때가 다르니 나는 그가 답답해지기 시작했다. 당시 나는 학원 강사로 나름 잘나가고 있었지만 더 안정적인 직업으로 바꾸기 위해 공무원 시험을 보기로 했다. 사실 그때까지만 해도 굳이 결혼할 마음이 없었고 그런 내 상태가 부모님 마음을 더 불안하게 만들었으니, 차라리 공무원이 되면 부모님도 안심시키고 잔소리도 피할 수 있을 거 같은 마음이 컸다. 또 내 반쪽과 같은 남자친구의 사업이 계속 불안정해서 나라도 안정적이면 우리 관계에 더 도움이 되지 않을까, 하는 계산도 있었다.

하지만 그는 이런 나의 불안을 아는지 모르는지 퇴사 후 계속 방황하면서 자기 일에서 앞으로 나아가지 못한 채 제대로 된 출구조차 찾지 못하고 있었다. "몇 년만 있으면 괜찮아질 거야."라고 말하는 그가 답답해지기 시작했다. 그 말은 이미 몇 년 전에도 들었던 말이기 때문이다. 그런 짜증과 답답함은 절대 감추려고 해도 감출 수 있는 게 아닌지라 스멀스멀 내 마음 밖으로 새어 나왔고 그와 갈등하는 일이 잦아졌다. 그런 날이 계속되면서 공부에 집중하기 힘들어졌다. 결국 그에게 헤어짐을 고했다.

내 세상에서 다시 그가 사라졌다. 새벽 찬 공기를 맞으며 도서관을 나갈 때마다, 울리지 않는 핸드폰을 볼 때마다, 그가 좋아하는 오후 5시쯤의 석양빛을 볼 때마다 가슴이 먹먹했지만, 마음을 추스르고 공부에 전념했다. 그렇게 모질게 헤어져놓고 시험에 붙으면 그에게 다시 돌아가야겠다고 생각했다. 그는 여전히 나무가 아니라 야채 오빠라고 말하겠지만, 왠지 그 자리에 있을 거라는 알 수 없는 믿음이 있었다. 시험에 합격하고 그를 다시 만났을 때 내 내면의 나무는 한층 단단해져 있었다. 이제 내 남자 하나는 먹여 살릴 수 있을 거 같다는 자신감이 생기자 미래에 대한 불안은 해소됐다. 순탄하지 않은 연애였지만 이 관계가 나를 성장시켰다는 것만은 분명했다.

지금 우리가 함께 사는 집 책장에는 『기생충 제국』이 꽂혀 있다. 생태계 피라미드의 최말단에, 그것도 저 언저리에 먼지처럼 박혀 있을 거로 생각했던 기생충이 어쩌면 꼭대기에서 숙주를 조종하고 있을 거라는 책의 내용처럼 애초에 고정된 상·하위, 갑과 을은 없을지도 모른다. 관계는 서로의 에너지를 교환하면서 계속 진화한다. 지금의 남편을 보면 내가 10년 전에 그렇게 목매달았던 그가 맞나 싶은 생각이 든다. 그의 등만 바라보며 안절부절못한 사랑을 했던 내가 과연 나였나 싶다. 사랑 따위 개나 줘버리라며 세상 그렇게 냉정했던 남자가 내 앞에서 가지 말라고 엉엉 울었고, 그런 남자를 매몰차게 남겨두고 자기만 살겠다고 떠났던 이기적인 여자가 정말 나였나 싶다. 한없이 자기중심적인 사랑만 하다 이젠 한 남자를 기다리겠다고, 나무가 되겠다고 말했던 그 여자 이야기가 내 이야기라니. 손발이 오그라든다. 내가 송혜교인 줄 착각했던 16부작 드라마를 숨기고 싶지만 이렇게 쓰고 있다니. 믿을 수 없다. 어쩔 수 없는 글쟁이라, 미안하다, 갈가리 발가벗겨진 내 연애사여.

물론 지금도 그를 무척 사랑하지만 사랑은 변했다. 아니 진화했다. 그때는 그가 내 옆에 있어야 내가 온전해질 수 있다고 생각했다. 그의 생각과 말과 취향이 멋있어서 거기에 한없이 기대고 의지하고 싶었다. 하지만 이제 인생의 동반자로 서로 의지하며 함께 살아가고 있다. 우린, 한쪽만 사랑하고 한쪽만 희생하는 '기생'이 아닌, '공생'을 하기로 했다.

하고 싶지 않은 일을 하지 않을 자유

'자유로운 영혼.' 이것은 내가 지향하는 삶이다. 하지만 이 자유는 '하고 싶을 자유'가 아닌 '하고 싶지 않을 자유'다. 내가 지금 갖지 못한 것에 괴로워하고 억울해하는 것이 아니라 처음부터 내 것이 아닌 것으로 생각하며 더는 집착하지 않음으로써 자유를 얻는다. '어차피 한 번 살고 말 인생, 집착하며 괴롭게 살지 말자 주의.' 잃을 것이 없다는 마음으로 살면 세상사가 약간 공허해지고 허무해진다. 하지만 이 허무는 마냥 무기력한 것과 다르다. 오히려 자유로운 영혼의 원동력이 된다.

집착하지 않는 마음의 원동력은 '생과 사'를 생각하는 것이다. 내 의지와 상관없이 이 세상에 태어나 의지와 상관없이 죽어야 하는 인생은 사실 그 시작과 끝만 생각하면 허무하기 짝이 없다. 하지만 살아가는 동안은 의지를 갖고 열심히 살아나가야만 한다. 부와 명예, 남들보다 나은 삶을 얻어야 한다고 교육받으면서 말이다. 무의지 속의 의지라니. 이 아이러니를 깨달은 어느 순간, 이 모순적 세상이 허무하기 짝이 없어 절망스러웠다. 이 시스템을 벗어나야겠다는 강렬한 욕구를 느꼈지만 이내 내가 완전히 이 체제를 벗어나 산속에 움막을 짓고 사는 자연인이 될 용기는 없다는 걸 깨달았다. 그래서 너무 모나지 않게 사람들과 적당히 어울려 살되, 너무 집착하며 살지 않기로 했다. 사실 집착하지 않고 타인의 시선을 두려워하지 않는다면 자유로울 수 있다는 걸 어릴 때부터 깨달았다. 내 짝짝이 다리 덕분에.

"싫어, 안 할래."

어렸을 때 참 많이 했던 말이다. 나는 태어날 때부터 왼쪽 다리가 짧았다. 지금도 150cm의 단신으로 발도 보통 사람들보다 작은 편인데, 오른쪽 발 크기는 225mm이고 왼쪽 발은 210mm이다. 왼쪽 발은 거의 성장을 못 했다고 봐야 한다. 다리 길이도 3cm 정도 차이가 나서 눈썰미 좋은 사람이라면 내 오른쪽 다리가 더 굵은 것을 눈치챌 수 있다. 그렇게 큰 차이는 아니어서 다행히 다리를 절지 않는다. 다만 신발 고르는 게 좀 불편하고 골반도 함께 틀어지면서 자세가 더 비뚤어지지 않게 운동을 꾸준히 해주어야 한다는 숙제가 따르지만.

어렸을 때는 이놈의 짝짝이 다리가 싫었다. 늘 발에 맞지 않는 신발을 신어야 했기 때문이다. 오른쪽 발에 기준을 맞춰 신발을 사고 왼쪽 신발에 깔창을 여러 장 덧댔지만, 근본적인 해결책이 아니라서 항상 왼쪽 신발이 벗겨지면서 넘어졌다. 그게 싫어서 또 작은 발에 맞추면 큰 발을 작은 신발에 욱여넣고 다니느라 발이 터질 것같이 아팠다. 지금이야 인터넷에 맞춤 신발 가게가 널렸지만, 당시 우리 집 형편은 한창 자라는 어린아이에게 맞춤 신발을 해줄 여력이 안 됐다. 그렇게 맞지 않는 신발을 신고 다니면서 나는 잘 넘어지기 일쑤였고 어느새 걷는 걸 싫어하는 아이가 되었다. 고무줄놀이를 하자는 친구들을, 놀이터에서 같이 놀자는 친구들을, 자전거를 같이 타자는 친구들을 매번 거절했다. "싫어, 안 할래."

오히려 집에서 비디오를 보거나 책을 읽는 게 편하고 좋았다. 그때 운명처럼 『인어공주』를 만났다. 인어공주가 왕자를 만나기 위해 마녀에게 목소리를 팔고 다리를 얻었지만 걸을 때마다 발바닥에 심한 고통을 느끼는 장면을 읽으면서 내 처지랑 비슷하다고 생각했다. 인어공주가 물거품이 되어 사라지는 비극적인 결말에 이르자 어린 나는 꽤나 심각하게 비관주의에 빠졌다. 아직 초등학교도 들어가지 않았지만 발에 맞지 않는 신발을 신고 살아야 하는 내 인생길이 순탄치만은 않으리라는 예감이 들었기 때문이다. 매년 병원에 가서 엑스레이를 찍고 다리 길이를 측정했다. 의사는 성장이 끝나면 다리 수술을 할 것을 권유했다. 작은 쪽 다리의 뼈를 잘라서 인공뼈를 삽입하는 엄청난 수술이었다. 수술하면 뼈가 자랄 때까지는 꼼짝도 못 하고 누워 있어야 했다. 부작용도 많고 성공 확률도 낮아 잘못되면 아예 못 걸을지도 모른다는 말이 귓가에 맴돌았다.

중학교에 가니 무조건 교복 치마를 입어야 했고 짝짝이 다리를 세상에 내놔야 했다. 근데 하필이면 우리 반 1번인 제일 키가 작은 아이가 소아마비 후유증으로 심각한 짝짝이 다리를 갖고 있었다. 그 애는 치마를 길게 맞춰 발목까지 가렸다. 아이들이 1번을 보고 수군거렸다. "재 다리는 왜 저런대?" 그런 수군거림을 들을 때마다 나는 친구들이 내 다리를 알아차릴까 봐 걱정이었다. 더 굵은 오른쪽 다리를 가늘게 만들면 될 것 같아 저녁마다 종아리를 밀대로 밀어보기도 했고, 종아리까지 최대한 치마를 길게 맞춰 입었다(1번처럼 발목까지 내리면 그것도 또 너무 눈에 띌 일이어서 그렇게 할 엄두는 못 냈다). 그럴 때마다 자꾸 1번의 눈빛이 떠올랐다. 그 아이는 중학교 입학과 동시에 '일진' 아이들과 어울리기 시작했다. 그 무리에서 제일 작았지만 눈빛만은 누구보다 매섭고 반항적이었다. 누군가 자기를 공격하거나 무시하면 확 물어버릴 거 같은 짐승 같은 눈빛이었다. 그 애와 눈이 마주칠 때마다 두려운 마음에 시선을 회피했다. 그 애가 무서워서 그런 게 아니었다. 나도 혹시 저런 눈빛일지 그게 두려웠다.

그렇게 비관주의에 빠졌던 나는 다시 운명처럼 새로운 인어공주를 만났다. 월트디즈니사에서 나온 애니메이션 〈인어공주〉였다. 책으로만 읽던 이야기가 화려한 영상으로 펼쳐지자 눈을 뗄 수 없을 정도로 재미있었다. 이야기 결말도 달랐다. 인어공주는 물거품이 되지 않고 결국 사랑을 쟁취하였다. 처음에는 그 재해석이 충격적이고 낯설었지만 점점 그 새로운 버전이 마음에 들었다.

맨발의 인어공주가 모래 위를 걷는 장면을 반복해서 보는데 화면 속에서 내 모습이 보였다. 나는 모래사장을 걷고 있었다. 발에 맞지 않는 신발이 여전히 불편했다. 신발을 벗어 던졌다. 나는 맨발로 걷는다. 그래, 발에 맞지 않는 신발을 신고 걷기 힘들다면, 신발을 벗고 걸으면 되는구나. 그러면 훨씬 편하고 자유롭게 걸을 수 있다. 생각을 조금 바꾸었을 뿐인데 나는 갑자기 자유로워졌다. 누가 다리가 왜 그러냐고 물어보면 그렇게 태어났다고 대답하면 될 간단한 문제를 나 혼자 앓고 있었던 것이다. 남들이 내 다리를 보고 뭐라 수군거리든 말든 나는 내 갈 길을 걸으면 되는 것이었다. 그제야 1번의 그림자도 떨쳐버릴 수 있었다. 그 애는 그 애 방식대로 자신의 문제를 헤쳐나가고 있었고, 나는 나대로 내 문제를 극복하고 있었다. 인생에는 한 가지 결말의 이야기만 있는 게 아니었다. 이야기 결말은 내가 어떻게 세상을 바라보느냐에 따라 충분히 달라질 수 있었다.

나를 옭아매던 신발을 벗어버린 것, 그것이 내가 느낀 첫 자유로움이었다. 그렇게 내가 할 수 없는 것들에 집착하지 않자 자유로워졌다. 신발을 오른쪽 발에 맞춰 신고 왼쪽에는 깔창을 많이 깔아서 짝짝이 신발에 적응

해갔다. 굽이 높은 신발은 포기했다. 체육 시간에 매트 위에서 구르기를 할 때마다 매번 똑바로 구르지 못하고 옆으로 굴러 매트 밖으로 나가는 것도 몸이 틀어져서 어쩔 수 없는 일이라 여기고 그냥 무시하기로 했다. 남들보다 키가 작은 것도 단점이 아니라 다행으로 여겼다. 오히려 키가 더 컸으면 다리 길이 차이가 더 나서 다리를 절었을지도 모른다. 열아홉 살이 되어 부모님이 다리 수술을 하겠느냐고 물었을 때 나는 거절했다. 수술 부작용이 두려워서 그런 거냐고 되물었다. 아니었다. 나는 그냥 그대로의 내 모습이 좋았다.

"하고 싶은 일이 뭐야?"

학원 강사로 일하면서 진로 상담을 할 때마다 참 많이 했던 질문이다. 하지만 질문에 바로 대답하는 아이들은 드물었다.

"선생님, 전 하고 싶은 일이 뭔지 모르겠어요."

이렇게 대답한 아이들은 하고 싶은 일이 없다는 것에 죄책감마저 느낀다. 비단 아이들만 그런 게 아니다. 다 자랐다고 믿고 있는 어른에게 물어봐도 그 질문이 너무 생소해서 당황하기 일쑤다. 학생 때는 그래도 이 질문을 생각할 수 있는 기회라도 있지만 어른이 되면 이 질문을 잊고 살아야 할 날이 더 많기 때문이다. 하고 싶은 일이 뭐냐는 질문은 자신이 어떤 사람인지를 묻는 질문과 닿아 있다. 하지만 어른이 되면 그 질문들을 잊고 그냥 되는 대로 살아가야 할 때가 더 많다.

소크라테스는 '너 자신을 알라'고 참 쉽게 말했지만 이 말은 쉽지 않다. 자신을 온전히 이해한다는 건 얼마나 힘든 일인가. 안 그래도 세상사 모르는 일투성이인데 자신을 이해하는 데는 뼈아픈 자기 성찰과 반성이 필요하다. 자기를 알기 위해서는 자신의 나약한 부분, 외면하고 싶었던 부분까지 들여다봐야만 한다. 그리고 나는 그 성찰의 끝은 내가 이 세상에 그리 대단치 않은 존재라는 것을 받아들이고 겸허해지는 것이라고 생각한다. 항상 자기중심적으로 사는 인간에게 이 과정이 쉬울 리 없다.

하지만 이 단계를 거치면 자유로운 영혼이 될 수 있다. 자신이 대단치 않은 존재라고 인식하는 건 시야가 확장됐다는 의미다. 자기만 바라보던 좁디좁은 개인주의적 시각에서 벗어나 전우주적 관점에서 삶을 바라보게 되면 우리는 먼지와 다른 바 없는 미약한 존재라는 사실을 자각하게 된다. 그러면 이 세상에 어쩔 수 없는 일이 있고 내가 모든 걸 해결할 수 없다는 걸 알게 된다. 그렇게 나를 내려놓고 공허함을 깨닫는 것, 그것은 결코 삶을 포기한 게 아니다. 오히려 집착을 비워낸 나를 당당하고 겸허하게 받아들인다는 것은 누구보다 큰 용기가 필요한 일이다.

부족하고 이상하고 비뚤어진 것 같은 나를 있는 그대로 받아들일 때, 타인에 대한 시야도 확장된다. 내 마음도 제대로 다루지 못하는데 타인은 결코 내 마음대로 휘두를 수 없는 존재라는 것을 깨닫게 된다. 다만 그들과 어울려 살 뿐이다. 잘 어울려 살려면 타인이 사는 방식을 존중하고 배려해야 한다. 왜 나에게 이런 걸 해주지 않느냐고 비교하고 따지지 않는다. 내 모습을 있는 그대로 인정해주는 따뜻한 존재들과 어울려 살 때 우리네 삶은 비로소 자유로워지는 것이다.

여전히 "하고 싶은 게 뭐니?"라는 질문이 어렵다면 질문을 바꿔 이렇게 물어보자. "하고 싶지 않은 게 뭐니?" 진로 상담을 했던 아이들에게도 이렇게 질문을 바꾸니 좀 더 자신 있게 대답했다. 이상하게 싫은 거는 금방금방 떠오른다. "저는 진짜 수학이 싫어요." "부모님이 싫어요." "오이가 싫어요." 별별 싫은 게 다 튀어나온다. 자아를 찾는 방법에 다른 어떤 전문적인 방법이 있는지 모르겠지만 싫은 것을 찾아내는 것 자체가 자신을 이해하는 하나의 방법이 될 수 있다고 생각한다.

이 질문법은 사실 고등학교 3학년 때 진로를 고민하던 내가 찾아낸 방법이다. 하고 싶은 일이 너무 막연해서 질문을 이렇게 바꿔보니 답이 하나 떠올랐다. 그 당시 '하기 싫은 일'을 떠올리니 '회사라는 위계적인 조직에 들어가서 부속품처럼 살고 싶지 않다.'였고 혼자서 일하면서 돈 벌 수 있는 게 뭐가 있을까 고민하다가 작가를 꿈꾸고 국문과에 진학하기로 했다(그런데 지금은 조직의 말단으로 살고 있으니 인생이 뜻대로 되는 건 아닌가 보다). '하고 싶은 일'이라는 질문이 너무 거대하고 모호하게 여겨졌다면 '하고 싶지 않은 일'이 뭐냐고 묻는 건 조금 더 구체적이고 부담이 적었다.

대학을 졸업하고 취업을 하고 주변에 동성 친구들이 하나둘씩 결혼을 하고 아이 엄마가 되는 모습을 보면서 내 인생에 다시 한번 질문을 던졌다. '대학-졸업-취업-결혼-엄마' 이 과정은 너무 자연스럽게 보여서 하마터면 질문할 기회조차 놓칠 뻔했다. 그런 면에서 내 질문은 꽤 발칙했다. 꼭 결혼을 하고 아이를 가져야 하는가. 하고 싶지 않은 일을 하지 않을 자유의 영혼이 답을 던져줬다. 나는 엄마가 되고 싶지 않았다.

당연하지
않아

내가 하루 중 가장 많이 하는 질문은 "왜?" 아닐까 싶다. 이 말은 자주 하면 듣는 사람들이 성가셔할 수 있으므로 마음속에서 자문자답할 때가 많다. 어렸을 때부터 그랬다. 달걀 심부름을 하다 나도 모르게 깨진 달걀 때문에 왜 나는 엄마에게 혼나야 하는가, 할머니 된장국은 왜 이렇게 맛없고 짜기만 한 걸까, 나는 내 짝꿍에게, 그러니까 그전까지는 아무런 감정도 없던 아이였는데 다른 애들은 대충 그리는 태극기를 컴퍼스를 이용해서 그리는 모습을 보고는, 왜 반한 걸까.

'왜?'를 단 수많은 질문이 있었지만 중학교에 입학하고 교복을 입어야 했을 때가 정말 난감했다. 그러니까 왜 모두 똑같은 옷을 입어야 하는가를 물었다. 하지만 아무도 제대로 대답해주지 않았다. 그냥 중학교에 가면 '당연히' 입는 거란다. 하지만 다리털이 '심각하게' 많았던 나에게 치마를 입는 일은 울고 싶은 일이었다. 스타킹을 신으면 긴 털이 스타킹 사이로 삐져나오고 심지어 스타킹 안에서 뭉쳐서 다리가 얼룩져 보이기까지 했다. 어린 나이에 엄마 몰래 혼자서 면도칼을 쓴다는 게 무서웠지만 그것보다 더 무서웠던 건 면도를 하면 할수록 털이 더 두꺼워지고 많이 자란다는 것이었다.

교복은 제국주의의 잔재이며, 똑같은 옷을 입혀서 학생 집단을 효율적으로 통제하기 위한 수단이다, 혹은 아이들이 서로의 옷을 비교하면서 빈부격차를 느끼지 않게 하기 위해서다, 또는 멋 부릴 시간에 입시에 더 매진하라는 뜻이다, 하는 여러 대답이 있었지만 수북한 다리털을 가진 비극적 운명의 여자아이에게 교복 치마는 어떤 이유에서든 효율성 제로였다(지금은 물론 레이저 제모를 해서 운명을 개척했습니다). 그렇게 나는 '당연하지!'라는 말이 엄청나게 무서운 말이라는 것을 배웠다. 그 말이 누군가에게 횡포가 될 수도 있고 누군가를 패자로 만들 수도 있다는 것을.

과거 한 예능프로그램에는 '당연하지!'라는 게임이 있었다. 둘이 마주 보고 서서 한쪽이 다른 쪽의 약점을 파고들거나 방송 심의에 걸리지 않을 정도의 비방을 하면 듣는 사람이 모욕과 굴욕과 쪽팔림을 참고 "당연하지!"를 외쳐야 이기는 게임이었다. 그 게임판에 올라온 나에게 누군가가 외친다.

"여자가 사랑하는 남자를 만나 결혼을 하고 아이를 낳는 건 당연한 거다!"

나는 "당연하지!"를 외칠 수 없다.

'왜 결혼과 아이가 당연한 거지? 내가 선택할 수 있는 일이 아니라고?'

이런 생각에 머뭇거리고 있으면 게임의 심판이 나에게 외칠 것이다.

"아웃!"

무대에서 쓸쓸히 내려가면서 나는 여전히 풀리지 않는 의문을 가진 채 물을 것이다.

"그게 왜 당연한 일인가요, 왜?"

이 게임의 패자는, 역시 같은 패자이자 같은 의문을 가진 남자를 만났다.

"대체 그게 왜 당연하다는 걸까?"

"그러게."

"나는 말이야, 엄마가 되겠다는 상상을 해본 적이 없어. 물론 어릴 때 소꿉놀이로 엄마 역할을 했지만, 철이 들고 주관이 생기면서부터 엄마가 되는 일은 나에게 너무도 막연했어. 나는 하고 싶은 일도 많고 그에 대한 상상력이 풍부한 사람인데 말이야. 엄마에 대해선 정말 놀랍게도 단 한 번도 상상해본 적이 없어. 친구들이 결혼하고 아이를 낳는 것을 보면, 아이가 참 귀엽고 사랑스럽지만 그들의 이모 정도가 나에게 딱 좋은 것 같아. 그 아이를 온 힘을 다해 기르는 상상을 할 수가 없어. 그렇다고 부모 역할에 대한 트라우마가 있는 것도 아닌데 말이지. 우리 부모님은 꽤 사이가 좋은 편이고 난 우리 부모님이 항상 내 편이라 믿는 사람이거든. 그만큼 부모님은 나에게 모범적인 부모상을 보여주면서 신뢰감을 줬는데 말이야. 왜 나는 엄마가 되는 게 싫은 걸까?"

"그랬구나. 그건 부모님과의 관계 문제를 벗어난 것 같은데. 혹시 엄마 역할에 대한 부담감 같은 게 있어?"

"응, 솔직히 있어. 한국 사회가 요구하는 '슈퍼엄마'가 될 수 없을 것 같아. 직장일도 하고 집안일까지 완벽히 해낼 자신이 없어. 그만한 체력도 안 되고 집중도 못 할 거 같은데, 또 책임감은 강해서 다 해내고 싶다고 안간힘을 쓸 게 뻔해. 그렇게 나를 소진하는 기분으로 살고 싶지 않아."

"어쩌면 나 하나 건사하지도 못하는데 아이를 어떻게 건사하나 그게 걱정인 거 같은데. 그건 나도 마찬가지이긴 해. 일단 내가 내 멋대로 회사를 나와서 경제적으로 불안정한 데다 지금 하는 사업도 잘 안 되고, 먹고사는 게 힘든 상황 때문에라도 나 같은 사람에게 아이를 낳아 키우는 건 당연하지 않은 일이야."

"그래, 경제적인 부분도 정말 큰 이유지. 근데 만약에 말이야, 로또를 맞거나 갑자기 사업이 잘돼서 부자가 된다면 말이야, 그러면 아이를 낳고 싶어?"

"음, 글쎄. 그런 상황이 된다면…… 그건 사실 그런 적이 없으니 상상이 잘 안 돼."

"근데 그 경제적인 부분 말이야, 사실 아이를 돈으로만 키우는 건 아니잖아. 부잣집 아이들도 부모의 관심이 부족해 비뚤어지는 경우가 있는 것 보면 말이야. 아이 하나를 키워내기 위해 내 노력과 시간, 정성을 다 쏟아부어야 하잖아. 난 아까도 말했지만 그럴 만한 에너지가 부족한 것 같아. 아이를 잘 키우는 일이 나에겐 너무 큰 도전이라 상상만으로도 지쳐. 우리 직장에서 일하는 엄마들은 퇴근하면서 이렇게 인사해. '아, 이제 집으로 출근해야지.' 직장에서 돌아오면 침대에 퍼져 있어야 간신히 에너지를 회복하는 나 같은 사람에게 그런 삶은 무섭기까지 해."

"사실 인간 세상에 하나의 생명을 낳는 게 또 하나의 업보를 쌓는 일일지도 모르지. 돈이 많다고 해서 그 아이에게 아무런 고난이 없는 게 아니잖아. 살면서 겪어야 할 온갖 괴로움이 많은데, 낳기 전에 아이에게 동의를 구할 방법도 없잖아. '이 세상이 살기에 퍽 힘든 세상인데 한번 살아볼래?'라고 말이야."

"맞아. 나에겐 아이가 하나의 업보처럼 느껴져. 그리고 결혼하고 아이를 키우면서 남편이 그냥 하나의 공동양육자가 되고 점점 웬수가 되어버리고…… 그렇게 사는 건 싫어."

"그건 진짜 왜 그런지 모르겠다. 어쩌면 남녀가 유전자의 교환을 끝내고 아이라는 결실을 보면 더는 유전자를 교환해야 할 필요가 없어지니 애정도 식는 건가."

"헐, 생물학적 관점에서 서로가 필요 없어진다니, 그

렇게까지 매정하게 생각하고 싶지 않은걸. 근데 말이야, 엄마들 말로는 아이가 커가는 과정에서 느끼는 기쁨과 깨달음은 그 무엇에도 비길 수 없다고 하는데, 그런 기쁨과 보람은 세상의 다른 곳에서 찾아도 되는 거잖아. 꼭 아이에게서 삶의 기쁨을 찾아야 할 필요는 없잖아."

"뭐, 한편으로 나는 이 세상에 아이를 키우려는 노력을 안 했기 때문에 사실 열심히 후대를 키워내는 사람들을 보면 빚진 마음이 좀 들긴 해. 그쪽 분야로 애당초 노력할 마음이 없으니 또 다른 노력을 하면서 살아야 할 거 같다는 마음이 들기도 하고."

"그건 나도 마찬가지야. 아, 그리고 난 만약 결혼한다면 남들 다 한다는 다이아몬드 반지는 안 할 거야."

"갑자기 웬 반지?"

"내가 유난을 떤다고 느낄 수도 있지만, '블러드 다이아몬드'라는 말 들어봤어?"

"아니."

"'피의 다이아몬드'는 다이아몬드 생산지인 아프리카의 라이베리아, 시에라이온 같은 나라에서 값비싼 보석의 수익금으로 전쟁 비용을 충당하는 데서 나온 말이야. 반군, 군벌, 독재 세력이 다이아몬드를 얻기 위해 무고한 주민들의 손목이나 발목을 자르고 광산 노동자로 평생 살다 죽게 하는 사진을 보고 충격을 받았어. 생각해보니 그저 탄소 덩어리로 이뤄진 광물일 뿐인데. 영원한 사랑의 맹세니 하는 이미지는 다이아몬드 가격이 떨어지길 원치 않는 독과점 회사와 그 이해관계자들이 만들어낸 허상일지도 몰라."

"그래, 오히려 결혼반지로 쓰는 콩알만 한 다이아는 되팔았을 때 귀금속에 비하면 값어치도 떨어지는 보석이긴 해. 가성비가 떨어지지. 그런데 우리 무슨 이야기 하다 여기까지 왔지?"

"인생에 당연한 건 없다는 이야기였지."

(원래 우리 대화는 이렇게 산으로 잘 간다.)

결혼하고 아이를 낳는 일이 당연한 일이라 생각하지 않는 남자와 여자가 이렇게 작당 모의 수다를 떨었다. 아무리 생각해봐도 아이를 낳아 기르는 일이 우리에겐 끊임없이 의심해야 할 일이었다. 더구나 아이를 낳아 기르는 것은 많은 희생을 결심해야 할 만큼 어렵고 힘든 결정이었다. 우리에게 사랑의 결실은 결혼과 아이가 아니었다. 답을 정해놓지 않았기 때문에 그 결실은 여전히

미지의 세계에 있었고 그래서 우리 삶은 계속 모험일 수밖에 없었다. 이왕 이렇게 된 거 인생의 순간순간을 즐기면서 살아보기로 했다. 그 순간순간을 즐기며 살아가는 일이 우리 두 사람에게는 다른 어떤 일보다 더 값어치 있는 일이었다.

지금 이 순간이 좋다

우리가 순간을 즐기는 비법은 대화다. 연애 시절 까치 한 마리로도 이야기를 나눴다. 데이트를 앞두고 우리 집으로 나를 데리러 오겠다는 그를 기다리다가 나는 집 앞에서 까치를 봤다는 메시지를 보냈다.

나 : 나 아파트 앞에서 까치 봤어~
　　반가운 손님이 오려나ㅋ
오빠 : ㅎㅎㅎ 고전적인걸?
나 : 근데 까치가 예쁘더라고~ 빛깔이 고와~
오빠 : 후후, 오빠 만나는 날이라서 그런갑다.
나 : ㅋㅋ 오빠의 멘트 역시 지극히 고전적인데~
오빠 : 그렇구려, 낭자!

나 : 도련님, 소녀를 위하여
까치 한 마리를 보내셨나이까!

이 닭살 돋는 카톡질은 만담 놀이가 되었다. 낭자와 도련님까지 나왔으니 말이다. 그리고 그는 이 단순한 언어유희를 고전적인 작업 멘트로 이어갔다.

오빠 : 내 그대를 그리는 마음 지극하다 하나, 어찌
사람이 금수를 마음대로 부리겠소. 다만 까
치가 낭자에게 나를 잠시 데려다주었구려.

물론 콩깍지가 씌어서겠지만, 그는 이렇게 내 마음을 잘도 흔들어놓았다. 여기까지만 봐도 그의 대화 내공이 상당하다. 하지만 이게 다가 아니다. 그가 도착할 시간이 다 되어 잘 오고 있냐고 카톡을 보내자 차를 몰고 저 멀리 남양주에서 용인으로 오고 있는 그는 이렇게 답했다.

오빠 : 오라비는 나귀 타고 재를 넘어 월하정인 만
나러 가고 있구나.

이날 내가 까치 한 마리 봤다는 말 한마디를 이렇게까지 로맨틱한 대화로 승화시켜버렸다. 참 사소한 소재의 대화였는데 그날 내 마음은 그를 만나기 전부터 이미 기쁨으로 충만했다. 내가 까치 한 마리를 본 순간이 이렇게 아름답게 남을 수 있었던 것은 우리가 그 순간 충실하게 대화했기 때문이다. 서로를 만나기 위해 한쪽은 기다리고 있고, 한쪽은 오고 있었던 그 순간, 서로의 감정에 충실했기 때문이다. 우리가 함께 만들어나간 수많은 순간이 있겠지만 그날의 대화가 이렇게 기억에 남는 건, 대화야말로 우리가 순간을 즐기는 가장 근원적인 방법이었기 때문 아닐까.

순간경. 불교를 몰랐던 내가 20대 중반 남편에게 현각스님을 소개받고 책을 읽고 불교에 빠졌다. 그리고 순간경에 대해 알게 됐다.

당시 내가 불교에 대해 아는 거라곤 '산사의 부처상 앞에서 절하면서 소원을 비는 종교' 정도였다. 하지만 그런 이미지는 토착적인 기복 신앙과 결합한 한국식 불교의 일부 모습이며 원래 불교에서는 신이 없다. 이 사실을 처음 알았을 때는 종교에 신이 없다는 말에 충격을 받았다. 대부분 종교가 전지전능한 신에게 구원을 바라는 데 비해 불교는 그런 종류의 구원은 없다고 본다. 구원은 스스로 이뤄내야 한다. 석가모니는 신이 아니라 단지 먼저 깨달은 자로 일종의 롤모델인 셈. 자기 스스로 이뤄내야 하는 구원이란 결국 해탈이며 이것을 평생의 과업으로 삼고 자신만의 방식을 찾아 수행하는 삶을 살아야 한다. 삶이란 평생 깨달음을 위한 여정인 것이다. 인간 내면에 있는 성찰의 힘을 믿는 이 불교적 삶의 방식에 나는 매혹됐다.

하지만 이렇게 맛만 봤을 뿐 나는 무지몽매한 중생의 삶을 살고 있다. 특히 전생과 이생에 대한 집착이 강하다. 내가 자꾸 전생에 집착하니까 남편은 지금의 내 모습에 답이 있을 거라고 말한다. 하지만 그 대답은 여전히 추상적이고 때로는 거부하고 싶다. 과거의 내가 이랬을 리 없다면서 도리도리 부정하며 현재의 나를 있는 그대로 바라보지 못했다. 차라리 중학교 때 친구들과 호기심 가득한 마음으로 전생 체험 테이프를 구해서 다 같이 방바닥에 누워 집단 전생 체험을 했을 때 내 안에서 떠올랐던 이미지가 더 그럴싸했다(하지만 이 전생 테이프는 할 때마다 이미지가 바뀌니 역시 믿을 만한 건 못 되는 것 같다). 때론 흔들리는 지하철 안에서, 때론 낙엽을 밟다가, 때론 설거지를 하다가 문득문득 궁금해진다. 나는 누구였을까. 이렇게 나에 집착하니 나는 평생 해탈에 이르지 못할 것 같다. 다만 유일하게 실천하고 있는 것이 있다면 바로 현각스님의 순간경이다. 지금 이 순간에 소중함을 담고 있는 경經이다. 파란 눈을 가진 외국인 스님은 자신이 가장 좋아하는 경이라며 순간경을 이렇게 표현한다.

> "순간경! 커피 향을 맡는 순간, 재즈를 듣는 순간, 걷고 이야기하고 시장에 가는 모든 순간, 뺨에 스치는 바람을 느끼고, 친구와 악수를 하면서 감촉을 나누는 순간, 순간, 순간……."

순간 안에 깨달음이 있다는 말이 처음에는 참 낭만적이라 생각했다. 하지만 시간이 흐른 뒤 조금은 깨달았다. 현재를 충만하게 즐길 수 있으려면 그만큼 마음을 비워야 한다는 것을. 더 시간이 흐르니 그 마음을 비우기 위해서는 용기가 필요하다는 것을 알았다. 순간을 가리는 허영과 가식을 던져버리는 용기, 세상의 흐름과

달라도 그 길을 받아들일 용기, 그에 따르는 희생을 감내할 용기.

긴 시간의 관점에서 보면 삶-죽음이라는 인생은 허망하기 짝이 없지만, 그 인생을 직접 살아가는 자는 하루하루 순간을 충실히 살아내야만 한다. 솔직히 말하면 천 리 길을 내다보지 못하는 우매한 중생인 나 역시 오늘을 충실히 사는 것 이외에는 달리 할 수 있는 것이 없다. 하지만 겹겹이 쌓인 순간이 내면에 아로새겨지면서 언젠가 깨달음까지는 아니더라도 '지혜'라고 부를 만한 것을 얻을 수 있지 않을까. 비록 거대한 업적이 아니더라도 세상 어딘가에 내 순간의 발자국 하나 남기려는 마음으로 살아가고 있다. 무한한 우주의 시간으로 보면 달에 찍은 인간의 발자국이나 내가 세상 어딘가에 남겨놓은 발자국은 결국 비슷비슷하지 않을까, 하는 마음으로 말이다.

그와 또 작당 모의 수다를 떨어본다.

"어쩌면 인류 재생산자의 노릇을 하지 못해 후대를 키워내는 이들에게 마음의 빚이 있어 어떤 방식으로든 더 열심히 살아야겠다고 말한 건 이렇게 내 발자국을 남기며 열심히 살겠다는 의미 아닐까?"

"글쎄, 나도 그 답을 찾는 중이라. 내가 할 수 있는 일에 순간순간 최선을 다해 사는 게 그런 삶의 모습이겠지."

"응, 그런 데다 난 엄청난 고집쟁이거든. 어렸을 때 억울한 일로 엄마한테 혼나면 절대 잘못했다는 말을 안 해서 엄마 속을 얼마나 썩였는지 몰라. 근데 난 잘못했다고 생각하지도 않으면서 무조건 잘못했다고 비는 아이들이 이해되지 않았거든. 난 내 장단에 내 흥대로 사는 사람 같아. 그게 누구한테 해를 끼치는 게 아니라면. 그래서 지금 이 순간을 충실하게 살고 싶어. 지금 이렇게 당신하고 이야기하고 있는 이 자체가 너무 좋아서 다른 게 낄 틈이 없어. 근데 오빠는 왜 내가 좋아?"

"훗, 뜬금없긴. 그냥 좋지, 좋아하는 데 이유가 있나. 나도 우리 둘이 있는 지금 이 순간이 좋다."

이렇게 이심전심 뜻이 잘 통하는 '월하정인'을 두고 내가 그 누구와 미래를 함께할 것인가. 그래서 이 작당모의 수다는 이렇게 결론 난다.

"우리, 결혼할래?"

이렇게 내 순간의 역사에 지워지지 않을 발자국을 남겼다.

결혼을 포기했더니
결혼을 하게 됐다

"우리 아빠가 당신 와보래."

"왜 갑자기?"

"결혼을 안 하겠다고 선언했더니 당신하고 결혼하래."

나는 그와 오래 만나면서 어느 순간 굳이 결혼할 필요가 없다고 생각했다. 하지만 결혼이라는 것을 포기하자 결혼할 기회가 찾아왔다.

사실 나라고 처음부터 결혼하고 싶단 생각을 아예 안 한 건 아니다. 만남의 시간이 길어지면서 자연스레 우린 언제쯤 결혼하게 될까 하는 생각을 하게 됐다. 하지만 그는 결혼할 수 있는 상황이 아니었다. 회사를 그만두고 나와 방황의 시간을 보내다가 사업을 시작했는데 그게 잘되지 않아 간신히 입에 풀칠하고 있는 상황이었다. 그런 남자에게 결혼을 조르는 건 헤어지자는 소리였을 것이다. 나조차 오래 연인과 결혼을 하지 못할 것 같다는 조바심과 불안감을 애써 감추고 있는 상황에서, 괜히 부모님에게 그의 존재를 알리면 불화만 더 키울 것 같아 그와 다시 만나고 있는 건 어쩔 수 없이 숨기고 있었다.

그렇게 불안해하고만 있을 수 없어 나라도 안정적인 직업을 가지는 건 어떨까 하는 생각이 들었다. 당시 나는 학원 강사로 일하고 있었다. 사실 20대 초중반 교사 임용시험을 세 번이나 떨어지고 나서 우울의 밑바닥을 헤매다가 돈을 벌면 기분이 나아지지 않을까 하는 마음에 시작한 일이었다. 다소 불순한 의도로 시작한 일이라 금방 그만둘 줄 알았는데 6년이나 하고 있었다. 내가 가르친 아이들의 성적이 오르는 게 재미있었고 내 수입도 점점 오르고 있었다. 임시방편처럼 생각한 직업이 내 소질에 맞는 것도 아이러니였다. 그전까지 나는 도통 선생 자질이 없는 사람이라고 생각했기 때문이다.

매번 임용고시에 떨어질 때마다 사실 학교 선생님이 내 꿈도 아니면서 이 일에 왜 이렇게 목매고 있는 건가,

회의감이 들 때가 많았다. 그 회의감이 내가 계속 떨어지는 진짜 이유였을 것이다. 남들처럼 목숨 걸고 해도 떨어지는 판에 이게 진짜 내가 하고 싶은 일인지 자꾸 의심하고 있으니 말이다. 내 딴에는 오른손 인대가 늘어날 정도로 열심히 공부했지만, 마음 한편에서는 이게 진짜 내가 원하는 일일까, 자꾸 의심하고 또 의심했다. 스터디 그룹에서 나보다 실력이 떨어졌던 친구들마저도 시험에 붙으니까 그냥 오기로 붙잡고 있는 것 같기도 했다. 또 부모님이 나한테 원하는 일이니까, 어쩌면 내 마음 한편에서도 교사가 되면 좀 더 편하게 살 것 같으니까, 이런 곁가지 이유들만 잔뜩 있었지, 진짜 아이들을 가르치고 싶다는 열망은 없었다. 그랬는데 시험공부를 그만두고 막상 학원에서 아이들을 가르쳐보니, 물론 공교육 현장은 아니었지만 강의하는 일이 재미있었다.

그런데도 불안한 직업이라는 사실은 틀림없었다. 스타 강사가 아니면, 아니 심지어 스타 강사라도 직업 수명이 짧았다. 나 역시 자주 이직을 했고 당시에도 선택의 갈림길에 있었다. 원장님이 학원을 접을 계획이었고 부원장님이 자기와 동업을 제안했다. 이직을 할 것인가, 아니면 동업 제안을 받아들여 학원을 차려야 하나 고민하는 상황이었다. 그러다 불현듯 공무원 시험을 보는 건 어떨까 하는 생각이 들었다.

내 나름 몇 가지 계산이 있었다. 가난한 것 빼고는 완벽한 내 남자친구를 계속 만나려면 어쨌든 나라도 안정적인 직업을 갖고 살아야 하지 않을까, 하는 생각. 그래야 나중에 남자친구의 존재가 밝혀지더라도 부모님도 어느 정도 안심할 것 같았다. 또 결혼하라는 압박을 덜 받을 것 같았다. 결혼하라 그래도 '내 한 몸 건사할 수 있는데!'라며 버틸 수 있는 좋은 '빽'이 될 수 있는 직업이었다(그래서인지 공무원계에 결혼 안 한 언니들이 정말 많다). 임용고시에서 계속 떨어지던 쭈구리 같은 삶에서 벗어나 돈도 잘 벌면서 생긴 자신감도 한몫했다. 왠지 하면 될 것 같았다.

학원을 그만두고 과외 수업을 최소한으로 줄이고 공부를 하기로 했다. 부모님은 당연히 찬성했다. 내가 드디어 정신을 차렸다고 생각하시는 것 같았다. 남자친구도 응원해줬다. 나 역시 임용고시를 공부할 때와는 마인드가 달랐다. 이상하게 그다지 압박감이 들지 않았고 심지어 공부하러 나가는 게 즐거웠다. 내 삶을 개척하고 있다는 기분. 예전에는 하기 싫었지만 남들 이목 때문에 어쩔 수 없이 공부한다는 느낌이었다면 이번에는 남자친구와 잘 살아보겠다고 벌인 일이니까.

하지만 그렇게 시작한 일로 인해 점점 남자친구와 다툼이 잦아지면서 결국 그와 헤어지는 일까지 발생했으니, 인생은 진짜 어디로 튈지 모르는 공 같다. 당시 나는 인생 개척자로 쭉쭉 뻗어가는 기분으로 살았다면 그는 좀처럼 풀리지 않는 자기 인생에서 계속 삽질을 하고 있었다. 다시 내 안에 도사리고 있던 불안감이 떠올랐다. 이렇게 시작했는데 시험에 떨어져서 망하면 어떡하지? 전에 계속 떨어졌던 공포가 올라오면서 필사적으로 공부해야 한다는 압박감에 남자친구가 방해 요소로 느껴지기 시작했다. 그를 대하는 내 목소리에 짜증이 섞여 있다는 걸 예민한 그 사람이 눈치채지 못했을 리 없다. 그는 헤어지자는 나를 차마 붙잡을 수 없었다.

시험 성공 스토리에 이런 시련 하나쯤은 붙어야 하는 것 아닌가. 그렇게 독하게 공부하고 6개월 만에 합격하고 다시 그를 찾았다. 이제 내 남자 하나쯤은 먹여 살릴 수 있겠구나, 하는 자신감이 생겼다. 그때쯤에는 신기하게 결혼에 대한 집착도 사라졌다. 그와 잘 살아보겠다고 시험공부를 시작해놓고는 헤어지는 난리통을 치르고 이렇게 다시 만나니 이제 뭐가 됐든 둘이 있으면 됐다, 하는 생각이 들었다. 결혼이라는 형식과 굴레에 더는 매달릴 필요가 없다고 생각하자 마음이 편해졌다.

그런데 과년한 딸이 시집갈 생각도 하지 않고 그렇다고 남자친구라며 누굴 집에 데려오지도 않으니 아빠 속은 많이 탔나 보다. 엄마를 채근해 선 자리를 알아봤고, 그런 아빠의 불안감을 외면할 수 없어 몇 번 나가긴 했다. 하지만 마음은 딴 데 있으니 잘될 리가 없었는데, 그것도 모르고 아빠는 결국 결혼정보업체에 희망을 품어 보기로 하셨다.

마침내 선택의 순간이 온 것이다. 아빠가 결혼정보업체에 무의미한 큰돈을 쓰게 할 순 없었다. 그렇다면 나는 그냥 결혼 안 하고 살기로 했다고 폭탄 발언을 해야 하나, 아니면 이번 기회에 독립해야 하나, 머릿속이 복잡했다. 그런데 이게 웬일? 하필 그때 내가 다니는 직장에서 제공하는 임대아파트에 운 좋게 당첨이 됐다. 사실 부모님 댁에 얹혀사는 데 심적 부담을 느끼고 독립을 준비하려는 마음에서 신청했는데, 워낙 경쟁률이 세서 별 기대도 없던 터에 덜컥 당첨된 것이다. 이 엄청난 타이밍에 나타난 아파트는 신이 나에게 준 기회 아닐까. 그와 함께 살 기회는 지금이라는 생각이 들었다. 그게 굳이 결혼이라는 형태가 아니더라도 말이다.

일단 부모님에게 남자친구의 존재를 밝혔다. 사랑하는 사람이 있고, 그래서 결혼정보업체에 가입할 수 없다는 입장 발표를 했다. 부모님은 적잖이 실망하는 표정이었다. 그는 전에도 아빠가 반대했던 사람이었기 때문이다. 직업도 변변찮고 그렇다고 아들을 경제적으로 지원해줄 수 있는 집안도 아니라는 이유였다. 그래서 헤어진 줄만 알았는데 그놈을 다시 만나고 있다니 실망할 수밖에. 하지만 또 다른 입장 발표로 실망감을 거두어드리기로 했다.

"나도 알아. 근데 사랑하긴 하지만 그와 결혼할 마음은 없어요."

역시 아빠는 내가 오랫동안 숨겨놓은 남자친구가 있다는 사실보다 사랑하는 사람이 있지만 결혼할 마음이 없다는 말에 더 충격을 받았다. 여기에 다시 더 큰 폭탄을 떨어뜨리는 나.

"그리고 나 임대 아파트에 당첨돼서 이제 이 집을 떠나려고."

"뭐, 나가긴 어딜 나가? 너는 왜 그런 걸 다 너 혼자 결정하고 나서야 말하는 거냐?"

"나도 당첨될 줄 몰랐지. 혹시나 하는 마음에 넣어본 건데 된 걸 어떡해."

"허헛, 거참."

"아무튼 그럼 이제 결혼정보업체 얘기는 없던 거로 해요."

며칠 뒤, 어느 정도 충격을 수습한 아빠가 나를 불렀다.

"그래서 평생 결혼을 안 하겠다고?"

"아니야, 그런 건 아니야. 내가 평생 결혼을 안 하면 아빠가 얼마나 속상하겠어."

"그럼 대체 어쩌자는 거냐?"

"일단 집이 생겼으니까 독립해서 살아보고 싶은 거야. 결혼은 나중에 얼마든지 할 수 있는 거잖아. 지금 당장 결혼하고 싶지 않다는 거야."

이 뻔뻔한 딸의 이야기를 들은 아빠는 잠시 침묵하더니 결국 이렇게 말했다.

"그냥 지금 결혼해라, 그 사람이랑."

"?"

아빠는 의외로 쉽게 무너졌다. 엄청나게 반대할 줄 알았는데 딸이 아예 시집 못 간 '노처녀'로 살다 죽느니 그냥 지금 결혼시키는 게 낫다고 판단하신 건가. 아니면 이렇게 독불장군 같은 딸내미가 결국 외간 남자랑 동거를 할지도 모른다는 생각에 차라리 결혼을 시키는 게 낫다고 생각하신 건가. 결국 그가 우리 집으로 소환됐다.

"자네, 내가 결혼을 허락하겠다만, 조건이 있어. 결혼하고 공인중개사 시험을 봐서 합격하게."

아빠는 집안은 가난하지만 그래도 대학원까지 졸업했다는 똑똑한 예비 사위에게 할 수 있을 만한 미션을 준 게 전부였다(나중에 결혼하고 공인중개사 건은 내가 아빠를 포기시켰다. 다른 재능이 많은 사람이니 잘 살 수 있다고 말이다). 이미 마음을 정하셨는지 그를 차갑게 대하지도 않고 오히려 따뜻하게 대해주셨다. 이렇게 막무가내인 딸인데도 부모님은 말없이 내 뜻을 따라주신 따뜻한 분들이었다.

결혼을 포기했더니 오히려 결혼을 하게 됐다. 사랑하는 사람과 함께 살고 싶긴 했지만 그게 굳이 결혼이라는 형태는 아니어도 된다고 생각했다. 하지만 우리나라에서는 동거인보다는 아내이자 남편이 돼야 법정 보호자로 인정받을 수 있고 그래야 수술동의서에도 사인할 수 있는 자격을 갖는다. 그리고 나는 부모님에게 꽤 마음이 약한 편이라 그들의 마음을 불안하게 할 동거를 할 용기는 없었다. 이 긴박하게 돌아가는 상황 속에 결혼이 나에게는 다시없을 기회란 생각에 나는 한 발 앞으로 나아가보기로 했다. 어쩌면 우리는 마음으로는 함께 살 준비가 되어 있었는데, 단지 그 '한 발 앞'을 나아가지 않았을 뿐일지도 모르겠다. 인생을 바꾸는 선택은 그 한 발 앞을 내딛는 용기일지도 모른다.

모든 결정에는
저마다의 무게가 있다

인터넷 게시판에서 한 여성의 고민 글을 읽은 적이 있다. 신혼여행을 가서 남편이랑 아이를 하나를 가질지 아니면 둘을 가질지를 두고 의견 대립을 하다가 결국 서로를 이해하지 못한 채 기분만 상해서 돌아왔다는 이야기다. 솔직히 말해 나는 이 커플을 이해할 수 없었다. 두 사람이 앞으로 어떤 형태의 가족으로 살아갈지를 신혼여행 전까지 한 번도 진지하게 의논하지 않았단 말인가. 옛날처럼 신혼 첫날밤에 만난 사이도 아닌데 말이다.

여기 비슷한 고민 상담 글이 하나 더 있다. “3년을 만나보니 이 남자면 결혼할 결심이 섰는데, 제가 아이를 낳고 싶지 않다는 걸 밝혀야 할까요?” 도대체 이 글쓴이가 어떻게 결혼 결심을 하게 됐는지 의문이다. 그 '결혼 결심'이라는 말의 결이 사람마다 얼마나 다를 수 있는지를 새삼 느꼈다. 어떻게 결혼 결심을 '혼자서' 할 수 있는가? 내 생각을 아직 공유하지 않은 상태에서 결혼 결심이 가능한 것일까. 나에게 있어 결혼 결심은 나 혼자 결심한 결과물이 아니었다. 남편과 무수히 충돌한 끝에 타협안이 도출됐고 이 정도의 타협이 가능한 사람이라면 반려자로 괜찮겠다는 생각이 들어 결심한 것이다.

오랜 연애 기간 우리는 수많은 대화를 나눴다. 그와의 대화는 때론 치열했다. 그는 나에게 무조건 동의해주는 사람이 아니었기 때문이다. 대화가 잘 통하는 사람에 대해 한 가지 오해가 있는데, 무조건 내 말에 동의해주는 사람은 절대 대화가 잘 통하는 사람이 아니다. 서로의 의견이 달라도 이야기를 나눔으로써 상대방의 생각을 어느 정도 이해하게 되었을 때 비로소 대화가 통했다고 할 수 있다. 오히려 무조건 맞다, 하고 동의해주는 사람과의 대화는 지루하고 위험할 수 있다. 내 말을 한 귀로 듣고 한 귀로 흘리는 경우가 많기 때문이다.

우리는 공들여 대화를 나눴고 딩크가 우리 삶의 방

식에 맞는다는 결론을 내렸다. 조금만 다르게 생각해도 보통의 굴레에서 벗어나 자유로울 수 있다는 걸 깨달은 여자와 모두 당연하다고 말하는 걸 당연하지 않다고 말할 수 있는 남자. 타인의 이목에서 벗어나 자기 색깔대로 살고 싶은 여자와 합리적이고 논리적인 설명과 가성비를 사랑하는 남자. 인생은 멀리서 보면 공空과 같다는 허무를 끌어안은 여자와 인생은 어쩔 수 없는 고해지만 더는 업보를 쌓고 싶지 않은 남자. 우리는 서로의 가치관을 항상 열린 마음으로 경청했고 때론 비판하기도 했다. 그 과정에서 내 욕망에 대해 점검해볼 수 있었다. 욕망은 때론 내면의 세계에 갇혀, 혹은 타인에게 받은 영향으로, 베일에 가려졌거나 왜곡됐을 수도 있다. 그와 대화를 하면서 내 욕망을 조금씩 구체화할 수 있었다. 내가 어떻게 살고 싶은지, 진짜 아이를 낳고 싶지 않은지.

"오빠, 보부아르라는 작가 알아?"

"아니, 잘 모르는데. 어떤 사람인데?"

"여성성의 개념을 재정립한 사람이야. 지금이야 흔한 개념인데 『제2의 성』이라는 책을 통해서 여성성은 가지고 태어나는 것이 아니라 사회문화적으로 만들어져 학습되는 것이라고 주장했어. 대학교 때 페미니즘 수업 들으면서 알게 된 작가인데, 사실 난 그녀가 사르트르와 한 계약 결혼이 더 흥미로웠어."

"계약 결혼?"

"응. 당시 프랑스의 엘리트 지성인이었던 두 사람이 2년에 한 번씩 결혼을 갱신하는 계약 결혼을 하기로 했지. 지금도 쇼킹한 개념인데 당시에는 더 난리였지. 둘은 관계를 유지하되 다른 사랑에 빠지는 것도 허용했어. 2년씩 계속 갱신하면서 서로 집필 활동도 도와주고 원고도 검토해주면서 결국 평생의 동반자로 지냈어. 사르트르는 실존주의의 대가였고 평생을 인간의 자유와 해방, 실존에 관해 책을 엄청나게 써댔던 만큼 자유로운 삶은 그에게 생명 같은 거였을 거야. 보부아르는 여성해방운동의 대가였어. 당시에 생소한 젠더(gender)라는 개념을 도입해 여성해방운동에 앞장선 사람이었으니 그녀도 사르트르 못지않게 자유로운 사람이었을 거야. 아마 평범한 사람하고 결혼했다면 몇 번이나 이혼하고 외롭게 살았을 사람들이지만 영혼의 친구를 만났고, 그렇게 둘은 계속 관계를 유지했어."

"어떻게 보면 꽤 합리적인 관계인걸. 상대를 영원히 속

박할 수도 없고, 결혼이라는 제도 때문에 서로 이별을 해서 평생 볼 수 없을 거 같다면, 그들이 맺은 계약이라는 것도 서로 함께하기 위한 합리적인 방법이 될 수 있겠어. 사실 대놓고 말은 안 하지만 현대사회의 결혼도 일종의 계약이지 않아? 기업들 간의 M&A처럼 말이야. 어떤 면에서 둘의 관계가 오히려 순수한 것 같다는 생각이 드는 게 그들은 적어도 돈 문제에 얽히지 않고 정말 서로에 대한 감정으로 함께한 것 같은데?"

"그치? 더구나 내 자유가 중요한 만큼 상대방의 자유도 인정하겠다는 마인드가 멋있는 거 같아. 서로를 그렇게 인정해주는 인생의 영원한 친구가 있다는 게 부러워. 사르트르가 먼저 죽었을 때 보부아르는 이제 더는 그와 대화할 수 없다는 사실을 가장 슬퍼했다고 해. 우리가 그런 자유로운 동반자로 함께할 수 있을까?"

"하지만 자유로워지려고 할수록 그만큼 짊어져야 할 짐이 있을 수 있어. 그걸 감당할 수 있는지 잘 생각해봐야 해."

맞다. 모든 결정에는 저마다의 무게가 있다. 더 자유로운 삶에 대한 욕망으로 아이를 낳지 않겠다고 결심했을 때 내가 짊어질 짐을 생각해본다. 사회적인 비난 또는 차별, 엄마가 되지 못한 삶에 대한 미련, 부모님의 반대, 남편과의 지속적인 관계, 노후 보장 등등. 미래를 상상하는 건 막연했지만 일반적인 삶의 틀에서 조금 벗어났을 때 일어날 수 있는 예측 가능한 문제들이 있었다. 나는 그걸 감당할 자신이 있는가.

딩크는 결코 가벼운 취향의 문제가 아니었다. 결혼 이후 이어질 내 인생의 후반부를 어떻게 만들어나갈지에 대한 중요한 결정이었다. 그만큼 무게감은 상당했다. 선택의 무게만큼 자신감을 지니고 앞으로 나아가기로 했다. 그래야 앞으로 감당해야 할 문제들을 맞닥트렸을 때 당당하게 맞설 수 있으리라.

당신의 인생은 어떤 색깔인가요

사람마다 자기 색이 분명한 사람이 있고 아예 색을 느낄 수 없는 사람도 있다. 그 색은 실제로 선명한 색상으로 나타나기도 한다. 회사 동료 중에 이름이 '초록'인 사람이 있는데, 이름에서 묻어나는 것처럼 그 성격도 초록초록한 식물같이 순하디순해서 쉽사리 남에게 상처를 주지 못하는 성격이다. 까만 머리에 검정 정장이 너무 잘 어울렸던 지인의 색은 안 물어봐도 블랙이었다. 이렇게 어떤 색상이 그 사람에게 찰떡으로 어울리는 경우가 있는데, 나에게도 그런 색이 있다. 바로 보라색이다. 알 수 없는 끌림으로 보라색에 빠졌고 그 색을 사랑하게 됐다. 그 색이 내 색이 되면서 내 개성이 되고 인생사가 되는 경험을 했다.

내 보랏빛 인생 약력을 간단히 소개하자면 이렇다. 학창시절부터 노트, 필통 등 학용품은 보라색으로 골랐다. 노트의 주요 필기도 보라색 펜으로 했다. 내 부케도 보라색을 골랐다. 스타치스라는 드라이플라워인데, 연보라, 짙은 보라, 자주색 등 이 세상 보랏빛을 다 가진 꽃이다. 결혼반지에도 자수정을 썼다. 내 탄생석인 데다 보라색이라니! 결혼반지로 이보다 훌륭한 보석은 없었다. 작년 여름휴가도 내 사랑 보랏빛에 홀려 떠났다. 어디를 갈지 고민하다가 홋카이도의 라벤더밭을 보고 '바로 여기다!'라고 외쳤다. 위스키 마니아인 남편은 그곳에 닛카 위스키 양조장이 있다고 해서 바로 의기투합했다. 알고 보니 휴가철의 홋카이도는 서늘한 날씨와 맛 좋은 삿포로 맥주 덕에 많은 사람이 찾는 여름 관광지였고 폭염을 피해 여유롭게 돌아다니기에 더할 나위 없는 곳이었다(하지만 우리 부부는 그 유명한 삿포로 맥주는 한 모금도 마시지 않고 요이치에 있는 양조장으로 갔다는 건 안 비밀). 보랏빛만 믿고 떠난 것치고는 꽤 만족스러웠다.

이 정도면 보라돌이로 인정받을 수 있을까. 전국 보랏빛 협회 같은 게 있어 가입 자격을 따진다면 나 정도 되면 들어갈 수 있을 것 같다. 하지만 얼마나 좋아하는지를 말하라고 하면 계속 수다를 떨 수 있는데, 왜 좋아하느냐고 물으면 그냥요, 하는 시원찮은 대답밖에 할 수 없다. 마치 취업 면접에서 '왜 이 회사에 들어오고 싶나'에 대한 대답이 궁색한 거랑 비슷한 느낌이랄까.

우리나라에서 보라색은 소설 『소나기』의 병약한 소녀 때문인지 죽음의 이미지가 강하다. 보라색이 소설 속 복선이라 배우고 시험 보고 정답 처리를 하고 있지만 인터넷상의 떠도는 정보에 의하면 정작 저자인 황순원 선생은 어느 인터뷰에서 그냥 그 색을 좋아해서 작품 속에 넣었다고 한다. 보라색은 어쩌면 주입식 교육의 폐해를 대표하는 색일지도 모른다(하지만 정작 황순원 선생은 생전에 고집스러울 정도로 인터뷰를 피했기 때문에 인터뷰 자체가 낭설일 확률이 높다고 한다). 그래도 주입식으로 교육받은 죽음의 색이라는 이미지 때문이었을까. 학창시절부터 생의 끝과 인생 허무를 생각했던 나 같은 인간은 보라색에 끌릴 수밖에 없었다.

보통 보라색은 다른 색보다 정신적인 부분과 관련이 깊은 색으로 해석한다. 보라색을 좋아하는 사람은 신비와 마법, 정신, 종교, 철학 등에 관심이 많고 상상력과

창의력이 풍부하다고 한다. 심리학적으로 파랑의 차분함과 빨강의 격렬함을 모두 담고 있어 양면적인 성향이 있다고 한다. 색깔 심리 테스트의 설명은 내 성향과 얼추 맞아떨어진다. 그렇다면 내 성격이랑 코드가 맞아서 보라색에 끌린 걸까.

책을 더 찾아보니 보라색은 역사적으로는 굉장히 구하기 어려운 색이었다. 합성염료가 없던 시대에 보라색을 만드는 주재료는 바다달팽이라 불리는 뿔고둥이었는데, 보라색 1g을 생산하기 위해서 뿔고둥 1만 2천 마리가 필요했다. 이 엄청난 수요량은 양식으로 해결했지만 만드는 과정 자체가 너무 손이 많이 가서 결과적으로 보라색 염료는 비쌌기에 귀족들이나 쓸 수 있는 색이었다고 한다. 19세기에 들어와 합성염료로 대량 생산이 가능해지면서 비로소 대중적인 색이 되었다. 19세기의 인상파 화가들은 보라색의 화가들이었다. 인상파의 대가 마네는 그의 친구에게 공기의 진짜 색을 발견했다고 고백한다. 정답은? 두둥. 예상처럼 보라색이다. 그는 "공기는 바이올렛이야. 3년 뒤에도 세계는 여전히 바이올렛이겠지."라며 보라색에 무한 애정을 보냈다.

공기가 보라색이라고? 이상한 말 같지만 그에겐 이게

진실이었을 것이다. 혹시 색깔에 대한 편견에 빠져 있지 않은가. 세상엔 상상할 수 없는 다양한 색이 존재한다. 혹시 파란색 불을 본 적이 있는가? 불이 빨간색이지 파란색일 리 없다고 말하고 싶다면 당장 가스레인지의 불을 켜보면 바로 파란색 불을 확인할 수 있을 것이다. 병아리는 노란색만 있는 게 아니다. 노란 병아리는 황색닭 품종에서 나타날 뿐 세상에는 검은색, 흰색 병아리도 많다(이 색들이 다 섞여 있기도 하다). 그러니 공기가 보라색이 아니라고 단정해서 말할 수는 없는 것이다. 마네에게 있어 보라색은 자신의 정체성을 담은 색이었다. 자신만의 색을 발산하며 산다는 것은 오히려 세상을 좀 더 다채로운 색으로 채울 수 있는 토대가 될 수 있다. 나의 빛깔이 드러나려면 다른 색들과 함께 어우러져야 하기 때문이다.

> 벚꽃 피는 거 보니 푸른 솔 좋아.
> 푸른 솔 좋아하다 보니 벚꽃마저 좋아.
>
> _김지하, 「새봄」에서

어쩌면 이 짧은 시가 보라색을 사랑하는 내 마음과

비슷하다. 금세 지는 벚꽃이 변덕스러운 것도 같고 너무 찰나의 순간만 왔다 가는 게 괜히 내 마음에 슬픔만 남기는 것 같아 항상 그 자리에서 변치 않는 소나무를 좋아하기로 했는데, 가만히 생각해보니 소나무의 영속성은 벚꽃이 있기에 의미가 있었다. 삶에는 이렇게 양과 음, 영원과 순간, 빛과 그늘, 삶과 죽음이 공존한다. 보라색을 좋아하다 보니 이 색과 어울리는 다른 색도 사랑하게 되는 것이다.

삶에서 다양한 색감을 발견한다는 건 비단 패션, 화장, 인테리어에서 색을 쓴다는 것을 넘어선다. '특색'을 발견하는 재미는 스토리로 뻗어간다. 다양한 사람들의 이야기를 듣고 읽고 보고 싶어진다. 나는 보라색으로 당신의 색과 어울리고 싶다. 내 자유로운 영혼과 삶에 대한 애정, 그리고 사람들과 소통하고 싶은 욕구를 담은 보랏빛 이야기. 그렇게 내가 세상에 칠한 보라색이 당신에게 닿아 있는 그대로 봐줬으면 좋겠다.

다시 한번 상상해보자. 당신의 공기는 무슨 빛깔인가? 여전히 무색무취인가. 아니면 글을 읽다가 문득 특별한 색을 발견했는가. 아직 찾지 못했더라도 괜찮다. 자신만의 색을 찾아가는 게 인생 아닌가. 세상이 정해준 색깔이 아닌, 내가 정한 내 색깔 말이다. 그렇게 당신과 나의 색이 만나 세상은 빨주노초파남보로 아름답게 빛날 수 있다.

2

생각만 해도 괜히
마음이 간질간질

함께 끼니를 걱정하는 유일한 존재

남편과 거의 10년을 만나고 결혼을 했는데도 '남편'이 아니라 '남자친구' 같다. 마치 애인이랑 동거하는 것 같은 기분인데, 남편 역시 그렇단다. 여자친구랑 같이 밥해 먹고 사는 기분이라나. 이 말을 듣고 오랜 의문이 풀리는 기분이었다. 결혼 전후 가장 큰 차이라 한다면 바로 함께 밥을 해 먹고 산다는 것이었다.

'식구'는 말 그대로 '한집에서 같이 살면서 끼니를 함께 먹는 사람'이다. 우리의 끼니를 챙기는 사람은 남편(남편이라 쓰고 요리 꿈나무라 부른다)이다. 그가 우리 집 요리사가 된 것은 사실 아주 단순한 이유였다. 그가 나보다 훨씬 칼질을 잘하기 때문이다. 내가 어설프게 양파를 한 조각 한 조각 썰어내는 걸 보더니 한숨을 내쉬고 내 칼을 뺏더니 프로페셔널하게 썰어내는 것 아닌가. 일단 양파의 몸통에 칼집을 탁탁 내고는 칼집과는 반대 방향으로 탁탁탁 빠르게 썰어내는 모습은 감동적이었다. 아, 우리 남편이 날 굶겨 죽이진 않겠구나. 밥을 먹기도 전에 배부른 기분이 이런 것이구나.

남편은 초딩 입맛의 소유자로 가리는 음식이 많다. 나물은 질겨서 싫고 치킨은 뼈를 발라내야 해서 싫단다. 몸이 안 좋으면 죽 대신 수프를 먹는데, 죽에서 쌀 특유의 비린내가 나서란다. 쌀에서 비린내를 느낄 수 있다니! 나와는 차원이 다른 후각을 가진 게 분명하다. 돈가스, 탕수육 등 좋아하는 음식 취향이 분명하고 그것들에 대한 애착도 남다르다. 남편에게도 나름대로 변명이 있다. 그는 누구보다 예민한 후각과 시원찮은 치아를 가지고 태어났기 때문이다. 그에게 있어 음식은 씹기 좋게 부드러워야 하고 좋은 향을 가져야 한다(그래서 주방에 이름이 어려운 향신료가 조금씩 늘어나고 있다). 어쨌든 입맛이 더 까다로운 사람이 요리하는 게 맞지 않느냐는 게 우리의 합의점이다. 만약 내가 좋아하는 닭볶음탕을 한 대접 끓여낸다면 그는 특유의 닭 비린내가 싫다고 안 먹을 테니까. 차라리 입맛이 까다로운 남편이 자기 취향의 음식을 만들어서 나랑 나눠 먹는 게 더 효율적인 삶의 방식 아닐까. 그런 의미에서 나는 그가 해주는 요리를 다 넙죽넙죽 잘 받아먹고 있다.

그렇게 한없이 좁은 음식 스펙트럼을 가진 주제에 그는 매번 끼니때마다 '오늘 뭐 먹고 싶냐'며 내 의견을 물어본다. 그럼 내 머릿속은 그가 먹을 수 있는 음식과 내가 먹고 싶은 음식과 지금 우리가 가진 식재료와 주방장인 남편의 요리 능력치 사이에서 복잡한 조율을 시작한다. 사실 '오늘 뭐 먹지?'에 대한 결정권은 엄청난 권력이지만 동시에 우리 식구의 만족스러운 한 끼의 성공 여부가 여기에 달려 있기에 매번 치열한 고뇌가 필요한 작업이다. 결국 이 치열한 의사 결정은, 이제껏 가족의 밥상을 뚝딱 차려내신 세상 모든 엄마에게 고마움을 느끼는 성스러운 시간을 잠깐 가진 후, 시켜 먹을까 나가서 먹을까 등으로 일탈했다가 다시 집밥으로 돌아오는 복잡한 난항 끝에 어제와 비슷한 한 끼를 해 먹는 것으로 마무리되곤 한다.

"당신은 언제부터 그렇게 요리를 하게 된 거야?"

"대학교 다닐 때부터 조금씩 해보긴 했었는데, 본격적

으로 하게 된 건 김풍밥 때문인 것 같은데?"

김풍밥. 그 요리라면 나도 먹어봤다. 우리가 연인이었던 시절 여행지에서 남편이 해줬다. 김풍밥은 〈냉장고를 부탁해〉에 나왔던 김풍의 '섹시한 컵'이라는 이름을 가진 요리인데, 스팸과 바질페스토가 합쳐진 의외의 조합에서 묘하게 끌리는 맛이 있어서 계속 퍼먹었던 기억으로 남아 있다. 그는 김풍밥을 만들면서 이 음식이야말로 자신의 요리 정신에 부합한다는 것을 깨달았다고 한다. 그 요리 정신이라는 건 다름 아닌 '불량한 초딩 입맛'이다.

나도 〈냉장고를 부탁해〉를 꽤 좋아했다. 요리 아마추어인 김풍이 성장해가는 과정이 재미있었기 때문이다. 초창기에 불량 만쥬를 만든다며 반죽을 기름 속에 넣었다가 반죽이 이리저리 흩어지면서 다리가 여러 개 달린 문어 모양 괴식이 탄생했던 에피소드를 본 적 있는데 진짜 배꼽이 빠지도록 웃었다. 그렇게 어설펐던 사람이 경쟁자들의 장점을 쏙쏙 흡수하며 빠르게 성장해 유명 셰프들 틈에서 살아남는다. 방송을 계속 본 시청자라면 역경을 이겨낸 김풍의 성장에 응원을 보낼 수밖에 없다. 내가 남편을 바라보는 시선은 김풍을 바라보는 그것과 비슷하다.

남편의 음식 중 최고는 알리오 올리오인데, 이걸 먹을 때마다 나는 감탄한다.

"이건 진짜 내다 팔아도 되겠다. 작은 가정식 식당처럼 이 메뉴만 파는 시그니처 식당 하나 낼까?"

내가 이렇게 호들갑을 떨면 그는 오늘은 간이 좀 짜게 된 것 같다면서 괜히 겸손을 떤다. 어떻게 하면 이렇게 맛있게 만드냐고 비법을 물어보니 입술 끝이 살짝 올라가며 약간 들뜬 톤으로 대답한다.

"마늘을 볶을 때 약불에 뭉근한 느낌으로 볶아야 해. 면을 삶을 때 면수를 미리 잘 덜어놓았다가, 볶을 때 부어주면 간이 되면서 그 자체의 전분기가 소스를 크리미하게 만들어줘. 그리고 볶을 때 바질과 로즈마리를 살짝 넣으면 향이 더 풍부해져. 또 원래 면을 삶는 시간보다 2분 정도 일찍 건져서 팬에 볶아. 거기에 간수를 넣고 약간 졸인다는 느낌으로 익히면, 익힘 정도와 간을 확인하기 좋아."

이렇게 술술 말하지만 남편이라고 해서 시행착오가 없었겠는가. 이 요리만 줄기차게 만들어서 지금의 성공이 있었던 것이다. 이 성공을 계기로 여러 종류의 파스타를 만들어줬는데, 다 맛있었다. 사실 파스타는 그가 20년 전 대학생 무렵 인생 최초로 시도했지만, 처참한 실패로 끝난 가슴 아픈 요리였다. 그 시절 밖에서 먹었던 크림파스타가 맛있어서 집에서 만들어보고 싶었지만 당시만 해도 동네 마트에서 생크림 구하기가 쉽지 않았다고 한다. 결국 동네 빵집에서 생크림을 구했는데 이미 거품이 다 올라온 상태라 실패는 예정되어 있었다. 설상가상으로 처음 삶은 파스타 면도 만만치 않았다. 센 불에 올린 냄비 안에 면을 넣으면 마치 소면 국수처럼 흐물흐물해지면서 물에 잠길 줄 알았는데 그 상태로 꼿꼿이 선 채 버티다 못해 심지어 면이 타면서 불마저 붙을 지경이었다고 한다. 그때와 비하면 지금은 참 요리하기 좋은 세상이다. 검색만 하면 인터넷으로 레시피를 손쉽게 찾을 수 있고(게다가 영상이다) 원하는 식재료를 가까운 마트에서 구할 수 있는 시대이니 말이다.

파스타 성공 후 그는 그 어렵다는 냄비 밥에 도전했다. 버튼만 누르면 밥을 해주는 전기밥솥이 있는데 왜 굳이 힘들게 냄비 밥을 하려는 거냐고 물어보니, 찰진 밥보다 고슬고슬한 밥이 훨씬 맛있기 때문이라나. 역시 취향이 까다로우면 고생은 사서 하는 거로 생각했다. 나는 찰진 밥도 고슬고슬한 밥도 다 잘 먹으니 상관없었다. 냄비 밥을 계속 실패하자 그는 어머니에게 비법을 물었다. 비법은 의외로 간단했다. "살짝 탄 냄새가 나면 뜸 들이기를 멈춰야 한다." 하지만 남편에겐 어머님 레시피가 잘 맞지 않았다. 우리 집 냄비 문제인 건지 이상하게 탄 냄새가 안 난다는 것이다. 계속 냄비 앞에서 킁킁거리던 남편은 결국 자기만의 방법을 찾아냈다. 냄새가 아닌 정확한 시간으로 뜸 시간을 알아낸 것. 보글보글 끓던 밥이 거품 빠지는 소리를 내는 시점이 있다. 장작에서 불이 꺼지듯 '자글자글 쉬이익' 하는 소리가 나면 그 시점에서 뜸 들이기를 시작, 딱 10분(아주 약한 불에 7분, 불 끄고 3분) 뜸을 들이면 윤기가 좔좔 흐르는 고슬고슬한 밥이 나온다. 냄비 밥까지 성공한 그를 보고 있자니 이제 요리 꿈나무라고 부르면 안 될 것 같은 고수의 포스가 느껴졌다.

이 글을 쓰고 있는 지금, 남편은 옆에 앉아 턱을 괴고서는 유튜브로 중식 볶음밥 요리 영상을 보면서 하악거리고 있다.

"웍은 언제나 옳아."

슬쩍 모니터를 엿보니 주방장의 현란한 손목 스냅에

용광로 같은 불길에 달궈진 웍 안의 식재료가 춤을 추듯 볶아지고 있다. 그런 그를 보고 있자니 주방에 놓인 그의 커다란 중식도가 눈에 들어왔다. 〈냉장고를 부탁해〉에서 김풍의 멘토 역할을 했던 이연복 셰프가 그에게 중식도를 선사해주면서 수제자로 인정해주는 감동적인 장면이 나온다. 여기에 영감을 받아 남편에게 중식도를 선물해줬더니 엄청 좋아했다. 하지만 하얀 벽지를 발라놓은 우리 집 작은 주방에서는 중식도로 신나게 양파를 썬 후 활활 타오르는 불에 음식을 볶을 수는 없었다(사실 이건 사방으로 튈 기름 때문에 일반적인 가정집 주방에서는 쉽게 허용될 수 없는 행동이다). 중식도 위로 조용히 먼지가 쌓여갔다. 만약 전원주택에 산다면 그는 마당에서 숯불에 실컷 고기를 굽고 난 후 기름이 튀든 말든 신경 안 쓰고 마음껏 웍을 흔들며 볶음밥을 만들 것이다.

이렇게 쓰고 보니 남편의 살림 내공이 상당한 듯 느껴지는데, 그도 누군가를 먹이는 것이 이번 생에서 처음인 초보 살림러이다. 얼마 전 추석에 우리 엄마가 고이 싸준 능이버섯과 가지를 어떻게 쓸까 고민고민하더니 그 재료로 고급스러운 파스타를 만들어냈다. 그 과정에서 가지의 가시에 손을 찔렸다. 가지는 전에 손도 안 댔던 재료라 처음 손질해보는 것이었는데 가지가 그렇게 독한 가시를 가졌는지 우리 둘 다 전혀 몰랐다. 남편은 손가락의 가시를 찾느라 한참 고생을 해야 했다. 가시에 찔린 그의 손가락을 같이 주물럭거리면서 남편이 내 가족인 게 새삼 고마웠다. 나를 먹여 살리고 있는 그는 지금 나의 유일한 '식구'였다.

잘 먹고 있다는 것은
잘 살고 있다는 말이야

입술 아래 점은 먹을 복이 많은 복점이라는 속설이 있다. 나는 그 복점을 타고났다. 결혼 전에 신부 관리라는 특권으로 점이란 점은 레이저로 다 지져 없앴지만 그 복점은 살아남았다. 남편이 내 콧등에 있는 점과 그 입술점을 편애해서 그것만 빼지 말아달라고 해서 놔두긴 했지만, 사실 나도 그 점을 빼고 싶지 않았다. 비록 속설이지만 이 점이 내 삶에서 잘 먹고 살 수 있는 수호신 역할을 해줬다고 믿기 때문이다.

나는 어딜 가도 먹을 복이 있었다. 외국 유학 시절 주변 친구들을 보면 느끼한 음식에 질린다고, 홈스테이 식사가 부실하다고 투덜거린 데 비해 나는 요리를 사랑하는 호스트를 만나 매번 푸짐한 식사를 즐겼다. 홈스

테이를 나와 혼자 살 때도 요리 잘하는 친구를 만나 매번 잘 얻어먹었다. 엄마 없는 하늘 아래 낯선 장소에 가서도 먹을 걱정이 없었다면 복점의 효과를 믿어도 되지 않을까.

하지만 내 인생에도 굶주림의 시절이 있었다고 한다. 내가 기억하지도 못하는 까마득한 어린 시절(그땐 어쩌면 복점이 형성되지 않았던 시기일지도 모른다), 나는 모유도 분유도 아닌 미음을 먹고 컸다고 한다. 엄마는 내 키가 작은 게 그때 영양가 없는 미음만 먹고 커서 그런 거라며 항상 안타까워하셨다.

"그때 이렇게 밥을 잘 먹었으면 키가 많이 컸을 텐데."

"근데 왜 미음만 먹은 거야? 그렇게 가난했어?"

"가난하긴 했어도 분유 사 먹일 정도는 됐지. 네가 까다로워서 안 먹은 거야."

"내가? 내가 왜? 난 지금 다 잘 먹는데."

"분유에 체해서 그 후론 절대 안 먹었어. 입 앞에 갖다만 대도 고개를 돌리는데 어떻게 먹여. 그래서 간신히 미음만 먹여 키웠지."

사연인즉 돌이 채 지나기도 전에 분유를 먹고 체했는데 그때부터 분유만 들이대면 먹기 싫다고 자지러지게 울었다고 한다. 모유 수유를 할 수 없었던 엄마가 노심초사 병원에 데려갔더니 의사가 굶기면 먹는다고, 걱정하지 말라고 했단다. 쫄쫄 굶었던 아이는 결국 분유를 먹긴 먹었는데…… 다시 체했다. 그렇게 두 번이나 체한 아이는 그 후 분유를 거들떠보지도 않았단다. 할 수 없이 엄마는 쌀을 갈아서 미음을 끓여 아이 입에 흘려 넣었다. 그리고 그런 기억은 전혀 없이 이젠 우유를 벌컥벌컥 마시는 다 큰딸에게 엄마는 전화기 너머로 항상 말한다.

"딸, 음식 조심해서 먹어. 알았지? 잘 먹어야 잘 사는 거야."

나중에 프로이트를 접하고 나서 어쩌면 지금 나의 왕성한 식욕은 (먹을 복점의 영험함 때문이 아니라) 어린 시절 구강기 욕구가 결핍되면서 나타난 고착 증상일지도 모르겠다는 생각이 들었다. 어쨌든 그 시절 못 먹은 한을 이제야 풀면서 나는 먹는 일의 위대함에 대해 깨닫고 있다. 엄마 말처럼 잘 먹는다는 건 그만큼 잘 살고 있다는 의미다. 그래서 대학교 앞 식당 이모가 남학생들에게만 곱빼기로 줄 때마다 나는 외쳤다. 이모, 저도 곱빼기요!

먹는 일은 생존을 넘어 몸과 마음의 기억으로 남는다. 내 성격을 만들고 인격을 형성한다. 그리고 관계를 만든다.

20대 후반 다이어트 한다고 닭가슴살만 먹고 운동을 했더니 머리가 깨질 듯이 아팠다. PT 선생님에게 말하니 포도주스를 주면서 먹어보라길래 딱 한 모금 마시는 순간, 세상에, 두통이 말끔히 사라졌다. 그 두통은 탄수화물 부족으로 뇌가 보내는 고통의 신호였다. 꿀피부를 만들고 싶다면? 비싼 마사지를 능가하는 비법이 있다. 한 달간 고기와 기름을 끊고 채식 위주 식사를 하면서 매일 3리터의 물을 마시면 된다. 피부 트러블이 너무 심했을 때 어떻게든 벗어나고 싶어서 해본 고육지책인데 효과를 톡톡히 봤다(하지만 다시는 이렇게 살고 싶지 않다).

어디 몸만 바꾸는가. 음식은 사람을 일으켜 세우는 힘이 있다. 오죽하면 소울푸드라는 말이 있겠는가. 소울푸드는 특별히 멋을 낸 음식이 아니라 투박하지만 마음 깊숙이 파고들어 영혼에 각인된 음식이다. 내 소울푸드는 엄마의 미역국이다. 어느 날 갑자기 들이닥친 불행으로 삶을 포기하고 싶었을 때 방에 틀어박혀 있던 나를 살린 건 엄마가 만들어준 따뜻한 미역국 한 그릇이었다.

마음은 무겁고 입은 바짝바짝 말라 아무것도 먹고 싶지 않았던 그때 엄마가 불러서 어쩔 수 없이 미역국을 한술 떴는데, 세상에 이렇게 맛있다니. 밥 한 그릇을 뚝딱 먹고 나니 나는 이렇게 마음 상하는 일이 있어도 곡기를 끊지 못하는 사람이라는 걸 알았다. 어떻게든 먹고 힘내서 다시 일어설 수 있는 사람이라는 걸 말이다.

어린 시절 온 식구가 상에 둘러앉아 밥을 먹다가 손님이 오면 아빠는 항상 "식사는 하셨냐"고, "밥 좀 드시고 가라"고 했다. 매일 오는 야쿠르트 아줌마나 2층 주인집 아줌마같이 안면이 있는 사람들도 있었지만 생판 모르는 외판원들도 있었다. 항상 아무도 밥을 먹고 가지 않는데, 심지어 상이 작아서 더 끼어들 공간도 없는데, 자꾸만 밥 먹고 가라는 말을 하는 아빠를 이해할 수 없었다. 하지만 그 아버지에 그 딸이라고, 나는 오늘 점심시간 다 되어서 우리 사무실로 출장을 나온 직원한테 계속 밥 먹고 가라는 오지랖을 부리고 말았다.

남편과 연애할 때, 그가 저녁도 안 먹고 일하고 있다는 말에 어떻게 그 회사는 밥도 안 먹이고 일을 시킬 수 있냐며 버럭 화를 냈었다. 그 소리가 수화기 너머로 들렸는지 옆에 있던 사장님이 좀 민망해했더라는 건 일종의 후일담이 되었다. 내 끼니만큼 다른 사람의 끼니를 걱정하는 마음, 이게 나의 소박하지만 위대한 먹고사니즘의 종착지일지도 모르겠다.

남편과 식구가 되었다. 먼 훗날 지금의 신혼생활은 '오늘 뭐 먹지?'로 기억될지도 모른다. 어쩌면 그때도 우리는 '오늘 뭐 먹지?'를 고민하고 있을 것 같다. 나는 매 순간 최선을 다해서 오늘의 메뉴와 디저트의 조화를 골몰하는 이 작디작은 고민이야말로 진짜 잘 사는 것이라 믿는다. 제대로 먹지 못하는 것, 먹는 일에 집중하지 못한다는 건 그만큼 삶에 무슨 사달이 났다는 것이니까. 잘 먹는 일은 아주 별거 아닌 것 같지만 사실은 삶의 전부일지도 모른다. 그런 의미에서 우리는 계속 '오늘 뭐 먹지?'를 고민해야 한다. 그것도 아주 제대로 말이다.

한 마리 개와
두 가족

라니는 우리 부부와 함께 사는 개이자 당당한 가족 구성원이다. 몸무게 2.6kg의 작은 포메라니안으로 털은 크림색이고 다른 강아지들에 비해 다리가 좀(?), 아니, 사실 많이(!) 짧다. 원래도 동안이지만 아장아장 걸을 수 밖에 없는 짧은 다리 때문에 애기냐는 소리를 많이 듣는다. 하지만 현재 10세. 사람으로 치면 60대 후반쯤으로 본다. 우리 부부는 라니의 엄마 아빠가 아니고 언니 오빠다. 라니의 원래 가족은 우리 친정 식구들이었다.

원래 라니는 내가 아빠에게 억지로 안겨준, 공식적으로는 아빠 멍멍이다. 은퇴한 아빠는 매일 집에만 있었다. 그리고 소파에 파묻혀 텔레비전만 보다가 갑자기 다 큰 딸에게 이것저것 갑작스러운 관심을 두기 시작했다. 아빠의 관심이 싫지 않았지만 내가 외출할 때마다 "옷이 그게 뭐냐?"라며 잔소리를 하기 시작하자 좀 부담스러웠다.

아빠의 관심을 돌리기 위해, 그러니까 나 말고 다른 관심사를 만들어주면 은퇴한 아빠에게도 도움이 되겠다 생각해서 부모님 허락도 없이 라니를 데려왔다. 집안은 쑥대밭이 됐다. 엄마는 당장 데리고 나가라 했고 아빠도 화를 냈다. 물론 가족의 동의 없이 반려견을 들이는 것은 무모한 행동이었다(이렇게 가족들이 불같이 화를 냅니다). 하지만 당시 내 무모한 행동에 변명을 하자면 우리 가족에게는 라니 같은 존재가 필요했다. 은퇴 후 삶이 무기력한 아빠와 그런 아빠를 답답해하는 엄마, 직장 문제 때문에 힘들어하던 동생은 안 그래도 겉돌았는데 그게 더 심해졌다. 우리 가족의 음울한 분위기에 변화가 필요했다. 만약 가족들이 끝까지 반대하는 최악의 상황이 온다면, 내가 집에서 나와 내 멍멍이로 키우기로 다짐하고 데려왔다. 하지만 라니는 성공적으로 우리 가족의 일원이 됐고 온 가족 최고의 관심사가 됐다.

라니는 겁이 많고 소심한 멍멍이다. 심지어 우리 집에 와서 거의 6개월 동안 한 번도 짖지 않았다. 아빠는 라니가 혹시 성대 수술을 받았거나 장애가 있는 건 아닌지 걱정했다. 간혹 기침하듯 오리처럼 컥컥거렸는데, 그걸 짖는 소리라고 착각하면서 목소리가 참 이상하다고 생각했다(나중에 알고 보니 그건 기관지협착증이 있는 아이들의 흔한 기침 소리였다). 그 6개월 동안 계속 우리 눈치를 보고 있다가 이만하면 이제 슬슬 자기 목소리를 내도 된다고 생각한 모양이다. "왕!" 그 앙칼진 목소리에 모두 깜짝 놀라 한목소리로 말했다. "라니, 너 짖을 수 있었어?" 라니는 그렇게 우리를 가족으로 여기기 시작했다.

라니의 소심병이 낳은 대표적인 에피소드 하나가 바로 '밥그릇이 움직여요' 사건이다. 신나게 밥을 먹고 있다가 가벼운 플라스틱 밥그릇이 움직였나 보다. 그 뒤로 밥그릇은 막 스스로 움직이는 무서운 물건이라고 인식한 라니는 밥그릇 앞에서 얼음이 됐다. 그러고는 이 세상 모든 그릇을 무서워했다. 맛있는 까까가 있는데 그릇 위에 올려놓으면 가지 못해 안달이 난 모습에 어이가 없어 웃음이 나왔지만 당시에는 꽤 심란한 사건이었다. 밥이랑 까까는 그래도 손으로 주면 됐지만 물은 대체 어떻게 먹여야 하나. 검색을 해보니 강아지용 휴대용 물병이 있길래 얼른 주문해서 그걸로 간신히 목을 축일 수 있었다.

하지만 계속 이렇게 살 수는 없는 노릇이었다. 인터넷에서 라니같이 그릇 공포증이 있는 아이들을 꽤 찾아냈다. 공통점이라면 모두 극도록 소심한 아이들이라는 것. 문제 행동은 결국 시간이 지나면 해결된다고 하지만 마냥 손 놓고 기다릴 수는 없었다. 문제의 원인을 찾은 나는 호연지기를 길러주기로 마음먹고 라니를 데리고 세상을 주유(?)했다. 세상이 그렇게 호락호락하지 않다는 것을 공부하기 위해 조용한 산책길을 벗어났다. 버스와 트럭이 지나는 도로 옆에 서서 이것 보라고, 세상에는 이런 큰 차들이 이렇게 많다고, 이런 게 무서운 거라고, 밥그릇 따위가 뭐가 무섭냐며 라니를 가르치고 또 가르쳤다. 물론 그럴 때마다 라니는 내 말을 듣는 건지 마는 건지 냄새를 맡느라 길바닥에 코를 박고 있었지만. 그래도 그렇게 싸돌아다닌 게 효과가 있었는지, 라니는 한 달 만에 밥그릇 공포증을 극복할 수 있었다. 원래 강아지란 존재는 너무 귀여워서 배변판에 쉬만 잘해도 무슨 경사 난 집처럼 자랑스러워 호들갑을 떠는데, 이런 공포증까지 극복하다니 정말 대견했다.

내 결혼이 결정되자 무엇보다 라니와 떨어져 살 일이

걱정이었다. 라니가 나 없이 엄마 아빠와 잘 살 수 있을까. 아무리 아빠 멍멍이라 우겨도 라니를 데려온 건 나였기 때문에 나는 라니에게 큰 책임감을 느꼈다. 게다가 우리는 같은 침대에서 하나의 베개를 공유하며 매일 자리 쟁탈전을 벌이던 사이인데. 같이 잘 살던 언니가 갑자기 집에 안 들어오는 것을 라니는 어떻게 받아들일 것인가. 매일 왜 내가 안 오나 걱정하지 않을까. 라니를 안고서 내가 결혼을 하게 됐고 우리가 떨어져 살아야 한다는 것을 계속 말해줬다. 라니는 계속 고개를 갸웃갸웃하며 반들반들하게 빛나는 까만 눈으로 나를 바라보기만 했다. 문득 이 이 녀석의 속마음이 궁금해졌다. 사람들끼리 라니의 거취를 이리저리 의논하고 있지만 라니 마음이 제일 중요한 거 아닌가.

문득 언젠가 TV에서 본 애니멀 커뮤니케이터가 생각났다. 동물과 의사소통한다는 전문가인데 문제 행동을 가진 동물과 오랫동안 의사소통을 해서 상처받은 마음을 듣고 문제를 해결했다. 물론 이 커뮤니케이터를 100% 믿는 건 아니지만 잔잔하고 평온한 일상을 살아온 한 마리 강아지에게 가족이 떨어져 살아야 하는 일은 이해할 수 없이 충격적인 일이겠다는 생각에 라니에게 이 일을 충분히 설명해야겠다는 마음이 절실해졌다. 지금도 생소한 분야지만 몇 년 전에는 더 생소한 분야라 한국인 커뮤니케이터는 찾을 수가 없었다. 다행히 TV에서 본 그 외국인 커뮤니케이터가 동물을 직접 만나지 않고 사진으로도 소통할 수 있다고 해서 메일로 의뢰해 몇 달을 기다린 끝에 겨우 답을 들을 수 있었다. 라니는 자신을 많이 사랑하는데 왜 함께 살 수 없냐며 내 말을 잘 이해할 수 없다고 했다. 하지만 어쩔 수 없는 상황이라면 자신은 아빠랑 살겠다고 하면서, 비록 멀리 떨어져 살게 되더라도 자신을 보러 자주 와준다면 반가울 거라고 대답해줬다고 한다. 그 말을 읽자마자 왜 그렇게 눈물이 터졌을까. 그분이 진짜 라니와 소통한 건지, 아니면 내가 듣고 싶은 말을 잘 파악해 말을 만들어준 건지는 모르겠지만, 나는 라니를 쓰다듬으며 펑펑 울다가 고맙다고 말하기를 반복하며 눈물의 이별식을 마쳤다.

이 생쇼를 하고 결혼을 했는데 라니가 우리 부부와 함께 살게 된 것은 라니가 많이 아팠기 때문이다. 라니는 특발성 경련이라는 병을 앓고 있어 계속 항경련제를 먹으면서 관리를 하고 있었는데, 내가 결혼하고 몇 달

만에 라니의 병이 심각해져서 대발작이 찾아왔다. 몇 주간의 입원 끝에 간신히 죽을 고비를 넘기고 살아 돌아온 라니는 계속 약을 먹고 검사를 받아야 했다.

두 딸을 결혼시키고 고향 마을로 내려가 전원주택을 짓고 사는 아빠는 그렇게 아픈 라니를 돌볼 수 없었다. 아빠가 사는 시골은 동물병원보다 가축병원이란 검색어가 더 많이 나오는 곳이었고 그마저도 차를 타고 30분 이상 달려 시내로 나가야 했다. 양질의 의료 혜택을 누리려면 라니는 서울 멍멍이가 되는 수밖에 없었고 그렇게 라니는 나와 남편에게 왔다. 그렇게 우리는 라니의 두 번째 가족이 되었다. 이렇게 결정할 수 있었던 데에는 남편의 도움이 컸다. 사실 우리 둘 다 직장생활을 했다면 라니를 맡을 수 없었을지도 모른다. 남편이 프리랜서라 라니를 전적으로 돌봐줄 수 있었기에 가능한 일이었다.

개를 돌보는 일은 어쩌면 아이를 키우는 것과 비슷할지도 모른다는 생각이 들었다. 물론 매일 전투를 치르는 워킹맘들의 이야기를 들어보면 아이를 키우는 게 백배 더 힘들 거 같지만 이 녀석도 호락호락한 녀석이 아니다. 밥투정 심한 녀석을 이리저리 달래서 저녁을 잘 먹이고 나면 실컷 초저녁 단잠을 자고 나서 항상 새벽 3, 4시쯤 사람을 깨우는 통에 나는 3년 넘게 쪽잠을 자며 만성피로에 시달리고 있다. 남편에게 당신은 왜 라니가 새벽에 깨워도 일어나지 않느냐고 푸념을 하자 고작 한다는 말이 내가 강아지 버릇을 잘못 들였다며 또 그렇게 깨우면 엉덩이를 퐁 때리고 다시 자라는 것이다. 흥, 이미 비공식적으로 우리 집 서열 1위이신 라니 님이 그렇게 말을 잘 들을 리가 있나. 옆집 윗집 다 자는 새벽에 멍멍 짖어 민폐가 될까 봐 놀아주고 안아주고 먹을 것도 입에 물려주고 자장자장 하면 그제야 만족하고 새벽 6시쯤 다시 잠든다. 육아 기간의 수면 부족은 아이가 크면서 몇 년 안에 끝난다지만, 버릇을 잘못 들인 강아지가 철들 일도 없고 오히려 나이 들면 아픈 데만 늘어 보살필 게 더 많아진다는 점에서 육견의 강도도 만만치 않다.

가끔 아파도 씩씩하게 회복하는 녀석을 보면 참 애틋하다. 분리불안 없이 집을 지키다가 (가만히 보면 사람이 없어서 오히려 더 편하게 꿀잠을 즐기고 있는 것 같기도) 일 끝나고 돌아오는 나를 향해 힘껏 꼬리를 흔들며 반갑게 맞아줄 때 기특하다. 자기에게 필요한 '까까' '산책' 이런 말은 찰떡같이 알아듣고 '이리 와' '뽀뽀'같이 자기가 받아주기 싫은 말은 못 알아듣는 척하는 그 깍쟁이 같은 영민함이 기가 막힌다. 더구나 사람처럼 언어로 의사소통을 할 수 없기 때문에 서로 더 자세히 바라봐야 한다. 라니가 오늘 컨디션이 어떤지, 어디 불편한 데 없는지, 무엇을 원하는지 계속 바라봐야 하고, 라니 역시 내가 언제 까까를 주고 산책을 할지 주의 깊게 관찰해야 한다. 안 그래도 치명적으로 귀여운 애를 매일 관찰하고 어루만지니 안 예쁠 수가 없다.

부모 자녀의 조합이 이상적인 가족을 완성하는 전부가 아닐지도 모르겠다. 한 지붕 아래 서로 마음을 주고 밥을 나눠 먹고 서로의 이부자리를 파고들면 가족이 되는 것 아닌가. 서로 떨어지면 보고 싶고 같이 있으면 좋고 맛있는 거 있으면 같이 먹고 싶다. 새벽에 쪽잠을 자야 하고, 마음 내키는 대로 여행 갈 수 없지만 라니에게 나를 내어주는 게 아깝지 않다. 이 소중한 존재가 언젠가 나보다 먼저 떠날 것을 알기에 그 찰나와 같은 시간에 후회가 남지 않도록 최선을 다해 사랑하고 싶다.

인간과 겸상하는
멍멍이의 먹고사니즘

한 마리 개를 거두어 기른 시아버지는 항상 먹을 것을 녀석과 나눴다. 그러면 안 된다고 가족들이 타박하면 볼멘소리로 이렇게 말씀했더란다.

"얘가 돈이 있어서 슈퍼마켓 가서 지 먹고 싶은 거 사 먹을 수도 없잖으냐?"

중동지방에서 발견된 가장 오래된 개의 화석을 보면 1만 4천 년 전부터 늑대와는 분명하게 다른, 개의 조상이 인간과 어울려 살았다. 왜 함께 살았는가에 대해 학자들은 개가 집을 지키거나 사냥을 돕는 데 유용하다는 주장부터 시작해서 그냥 귀여워서라는 주장도 하고 있다(어쩐지 후자가 더 설득력 있다). 이런 다양한 주장은 지극히 인간중심주의 사고를 깔고 있다. 인간이 어떤 유용성 때문에 개를 길들였다고 보는 것이다. 하지만 개와 살아보니 어쩌면 개가 인간을 길들였을지도 모른다는 주장에 더 끌린다. 라니가 나를 길들인 것처럼.

스티븐 브디안스키의 저서 『개에 대하여』를 보면, 2천 년 전에 살았던 로마인들은 모자이크 무늬 바닥에 "Cave canaem"이라고 써놨다고 한다. 이 말을 번역하면 "개 조심"이다. 저자는 이 개 조심에 대한 기발한 해석을 내놓았다. "개에게 물리지 않게 조심하라"라는 뜻이 아니라 "문간에 누워 있는 개에게 걸려 넘어지지 않도록 주의하라"라는 뜻이라는 것이다. 저자는 아침저녁으로 30kg이 넘는 보더콜리를 안고 2층 침대방으로 가는 계단을 오르락내리락하는 분이기에 개 조심에 대해 그렇게 해석할 자격이 충분하다. 어쩌면 그의 해석이 진실에 더 가까울 수 있다.

개들은 인간과 어울리며 먹고살기 위해 여러 필살기를 연마하며 진화했다. 둥그런 이마와 눈망울, 복슬복슬한 털과 맨들맨들한 배. 인간은 이런 동글동글하고 부들부들한 것에 치명적으로 약한 본성을 갖고 있다. 그리고 애교와 복종. "기다려, 엎드려, 손, 빵야!" 등 다양한 명령을 배우고 주인을 반기며 자신도 주체할 수 없다는 듯 마치 모터가 고장 난 것처럼 꼬리를 마구 흔든다. 뽀뽀 세례를 퍼붓고 주인이 울면 눈물을 핥아주는 녀석도 있다는데……, 우리 라니는.

……이 녀석은 복종과 애교에는 도통 관심이 없다.

하지만 첫 만남에서 라니는 엄청난 끼를 부려 자신을 선택하게 하였다는 게 반전이다.

시어머니의 지인께서 지방에서 강아지 분양을 한다길래 먼 곳까지 차를 끌고 갔다. 아주머니는 나에게 새끼 몰티즈를 보여주셨다. 작고 귀여웠지만 이렇게 어미 젖도 안 뗀 거 같은 작은 애를 데려가 과연 잘 키울 수 있을까, 갑자기 온갖 걱정이 들기 시작했다.

"너무 어리고 작은데……."라고 망설이니까 아주머니가 아까보다 조금 큰, 그렇지만 여전히 뽀시래기 같은 크림 포메라니안을 데리고 오셨다. 종견으로 쓰기 위해 분양하지 않고 남겨놓은 아이라고 했다. 그런데 이 녀석이 마치 자기를 선택하라는 것처럼 내 앞에서 빙그르르 돌기 시작했다. 흡사 김연아 빰치는 공중회전 실력으로 사람을 현혹하더니만 내 손을 할짝할짝 핥고 어느새 품에 안겨 뽀뽀를 퍼붓는 것 아닌가. "얘네, 얘! 애교가 무척 넘치는 게 딱이야." 뭐에 홀린 것처럼 그 애를 안고 차에 탔다. 그렇지만 애교는 그날로 끝. 집에 와서부터 복종하지 않는 새침한 매력을 지닌 멍멍이로 돌변해 나와 가족을 길들이기 시작했다.

라니는 본래 온순한 성격으로 짖지도 않았고 분리불안도 없었다. 처음에 배변 실수는 조금 있었지만 영리해서 금세 배변 에티켓을 배웠다. 반면 소소한 문제로 까탈을 부렸다. 까까를 맛보더니 사료를 안 먹겠단다. 목줄도 하네스도 다 하기 싫단다. 옷도 안 입겠단다. 뽀뽀도 절대 안 하겠단다. '이리 와'도 안 하겠단다. 배 뒤집는 것도 싫단다. 그나마 살살 꼬시니 딱 반 정도만 뒤집어서 배를 보여줬다. 유일한 개인기는 '손'인데, 이것도 아빠가 몇 달을 가르쳤다. 앞발을 다 내밀지도 않고 내민 듯 안 내민 듯 조금 올려 '손'을 한 건지 안 한 건지 애매하다는 게 함정이다. 진짜 똥고집쟁이가 따로 없다.

며칠씩 밥을 굶고 공복에 토를 하면서도 사료는 절대 안 먹겠다고 하니 내가 생각을 바꿨다. 하긴 공장에서 만들어진 사료에 뭘 넣었을지 알 수 없고, 이렇게까지 싫다고 하면 뭔가 이유가 있겠지 싶어서 그때부터 지금까지 밥과 간식을 직접 만들어주고 있다. 하네스만 채우면 몸이 얼음처럼 굳어버리니 별수 없이 줄 없이 인적 없는 곳을 골라 잠깐씩 산책했다. 라니가 줄만 해준다면 다양한 곳을 마음껏 돌아다니고 싶었지만 '그건 당신 마음이지, 내 마음은 아니야.' 하고 말하는 듯 라니는 얌전하게 제한된 구역에서만 냄새 맡고 쉬하고 뒷발차기를 하고 돌아가는 산책에 꽤 만족스러워했다. (지금은 나이가 들었는지 하네스를 하고 걷는다. 나이가 들면 세상사에 좀 유연해지는 건 사람이나 개나 마찬가지인 건가 싶다. 자세를 잘 잡아주면 이제 배도 발라당 뒤집는 거 보면 말이다.) 옷 입히는 것도 포기했다. 굳이 싫다는 걸 억지로 할 필요는 없었다. 워낙 수북한 자체 털옷이 있어 겨울에도 떨지 않으니 굳이 옷을 입힐 필요가 없었다. 귀여운 강아지 옷이 넘쳐나는 시대에 알몸으로 태어나서 옷 한 벌도 못 건졌지만, 옷 못 입혀서 섭섭한 건 사실 나였지, 라니가 아니니까. 뽀뽀는 안 하지만 그래도 슬쩍 와서 엉덩이를 붙이는 '엉(덩이)접 애교'를 선사하니 이것만으로도 벅찬 감동이었다.

이런 애가 내가 결혼하고 우리 부부와 함께 살면서 겸상하는 멍멍이가 되면서 더 당당해졌다.

우리는 따로 식탁을 놓지 않고 소파 앞에 큰 테이블을 놓고 식탁처럼 쓰고 있다. 소파에 앉아 밥을 먹으니 라니는 자연스럽게 내 옆에 엉덩이를 딱 붙이고 앉아 한 자리 차지하고는 자기 맘마도 내놓으란다. "라니는 아까 먹었잖아." 이러면 한 발을 턱 내 허벅지에 올려놓고 '무슨 소리인가, 자네!' 이런 눈빛으로 쳐다본다. "안 돼, 아까 먹었잖아." 다시 모른 척하고 있으면 앞발로 허벅지를 벅벅 긁는다. 자신의 존재감을 뿜어내면서 '내가 이렇게까지 하는데 밥이 넘어가냐?'라는 듯 성급한 발짓을 보면 도저히 안 줄 수가 없다. 여기에 남편은 한술 더 떠 개들은 원래 무리 생활을 하는 동물이기에 밥을 나눠 먹으면서 결속력과 유대감을 형성할 수 있다는 꽤 그럴싸한 논리적 근거까지 만들어줬다. 결국 나는 전에 아버님이 하셨다는 그 레퍼토리를 내뱉을 수밖에. "네가 뭐 먹고 싶다고 지갑을 들고 슈퍼마켓을 갈 수 있는 것도 아니고, 그치?"

하지만 자궁에 이상이 발견돼 중성화수술을 한 라니는 그 부작용으로 갑작스레 살이 쪘다. 건강에 적신호가 켜진 것이다. 비만은 슬개골과 고관절 건강에 치명적이고 기관지협착증 문제도 심화한다. 먹는 양을 줄여야 했는데 식탁에서 겸상을 즐기는 녀석이라 다이어트가 쉽지 않았던 어느 날, 가벼운 피부질환 때문에 동네 병원을 방문했는데 의사 선생님 왈,

"근데 애가 통통하네요. 2.9kg이에요."

"네, 중성화하고 나서 계속 살이 쪄서요."

"다이어트 해야겠는데요."

"하고 있어요. 전보다 산책도 많이 시키고. 그런데 활동량이 적어서 그런지 잘 안 빠져요."

"강아지 다이어트는 사람처럼 운동한다고 해서 되는 게 아니에요. 다른 길이 없어요. 무조건 먹는 양을 확 줄여야 해요."

"네……."

"그리고 피부질환도 비만하고 관련 있을 수 있어요."

슬개골 탈구, 고관절 탈구, 기관지협착증까지는 그럴 수 있겠다 싶었지만 이제 피부질환까지 비만 탓이라니. 견주로서 죄책감도 들었지만 이 세상 의사 선생님들이 라니의 모든 병을 다 비만 탓이라고 할지도 모른다는 마음에 약간 오기가 생겼다. 정기검진 다니던 병원은 다

이어트 문제를 꽤 젠틀하게 얘기했기 때문에 내가 경각심을 갖지 못했던 것이다.

이 직설적인 발언에 완전 자극을 받아 그때부터 먹는 양을 무조건 반으로 줄였다. 고로 라니의 먹고사니즘에 대위기가 찾아온 것이다. 그래도 겸상하는 멍멍이의 체면을 세워주기 위해 삶은 양배추와 오이 등 야채를 준비해 "우리도 이거 먹는 거야. 그러니까 너도 이걸 주는 거야."라고 사기를 치면 라니는 귀를 쫑긋거리고 고개를 갸우뚱하면서도 받아먹었다. 어쨌든 식탁에서 나온 음식이고 다이어트로 허기졌으니 라니 입장에서는 속더라도 먹어야지 별도리가 없었지 싶다. 시나브로 체중이 빠지더니 지금은 2.5kg이 됐다. 라니도 다이어트 하니까 이왕 이렇게 된 거 온 가족이 다이어트를 하자며 나와 남편도 목표 체중을 칠판에 적어놓고 다이어트를 입에 달고 살았지만 라니만이 유일하게 성공했다(역시 다이어트는 누가 가둬놓고 양배추만 먹여야 성공하는 거다……).

그래도 무작정 안 먹은 건 아니다. 올여름엔 복숭아를 마음껏 나눠 먹었다. 우리 가족 모두 복숭아를 사랑하기 때문이다. 과일을 잘 안 먹는 남편은 과즙이 주르륵 새어 나오는 천중도만큼은 특별히 아끼며 매년 여름마다 꼭 사다 먹었다. 복숭아 박스가 집에 들어오는 날이면 설레는 마음으로 복숭아가 익기를 기다렸다. 내가 퇴근하고 돌아와 복숭아를 깎으면 모두 식탁에 둘러앉아 복숭아를 나눠 먹었다. 도원결의 못지않은 일명 '복숭아 멤버'의 의리는 돈독했다. 절대 라니를 두고 우리끼리 복숭아를 먹지 않았으니까. 우리 둘 사이에 껴서 라니는 당당하게 '복숭아 권리'를 행사했다.

가끔 '라니는 우리와 사는 게 행복할까'라는 의문을 던져본다. 멍멍이는 말을 할 수 없으니 답을 들을 수 없지만 막연히 느낄 수는 있다. 지난 토요일 저녁 평일에 열심히 다이어트 했으니 오늘은 라니도 배부르게 먹어보자며 함께 샤부샤부를 나눠 먹었다. 강아지 것은 따로 준비해둬서 함께 먹는다. 너무 많이 먹어서 그런 건지, 아니면 오래 앉아 있어서 다리가 저렸는지 라니는 다 먹고 의자에서 내려와 잠시 휘청거렸다. 동시에 남편은 소스 그릇을 치우다가 휘청거리면서 소스를 거실 바닥에 진창 쏟았다. 토요일 저녁 온 가족이 모여 즐긴 이 배 터지는 만찬은 그렇게 휘청휘청한 소란으로 마무리됐다. 그리고 날숨을 내쉬며 볼록한 배를 드러내놓고 자는 라니를 보면…… 오늘도 강아지의 먹고사니즘은 꽤 만족스러운 거겠지, 하고 짐작할 수밖에.

근심, 걱정, 고민,
기우 가득한 신혼집

그 시작은 미약했으니, 수조항

"내 사주에 물이 부족하대. 그게 어항을 놓으면 좀 나아질 거라는데……."

이야기는 이렇게 시작됐다. 남편의 옛 친구가 사주를 좀 볼 줄 안다며 그의 사주를 봐줬단다. 아, 어항이라. 그래도 어항이어서 다행인 건가. 호수나 바다 근처로 이사 가야 인생 풀린다고 말해주지 않아 고마워해야 하는 건가.

나는 반대했다. 어항에 대한 나쁜 기억 때문이었다. 민물낚시가 취미였던 아빠가 집에 빠가사리들 몇 마리로 어항을 꾸민 적이 있는데, 얘들이 서로를 잡아먹고 난리가 아니었다. 아침에 일어나 몸은 온데간데없이 둥둥 떠 있는 물고기 머리만 보는 건 어렸을 때로 충분했다.

어항에 반대하자 슬슬 수초항으로 이야기를 돌리는 노련한 남편. 물고기 없이 초록이들만 키우겠단다. 그건 솔깃했다. 집이 워낙 그늘져 키우던 식물이 다 죽어버려서 식물 키우는 건 포기하고 살았는데 초록이를 방에서 볼 수 있다니.

손재주 많은 남편은 인터넷으로 어항과 흙과 돌과 씨앗과 조명을 사서 꽤 그럴싸하게 수초항을 꾸몄다. 좋은 세상이다. 흙과 돌과 씨앗을 구하러 멀리 산야를 헤맬 필요 없이 간단하게 하나의 세계를 창조하는 '신 놀이'를 할 수 있다니. 좁은 방에 수초항을 놓을 자리를 만들기 위해 2년간 노래를 불렀던 찬넬 선반을 달 수 있었다. 어항 위로 조명까지 다니 꽤 그럴싸한 인테리어 소품이 된 듯했다. 이때까지 좋았지.

펄펄 노니는 저 구피, 암수 서로 정답구나

어느 날 퇴근하고 집에 온 나는 어항에서 움직이는

무언가를 포착했다.

"여보, 이게 뭐야?"

"어항이 아무래도 허전한 거 같아서. 이마트에 갔더니 구피를 추천해주더라고. 가장 키우기 쉬운 애들이래."

"뭐? 난 물고기 싫은데!"

아, 그렇게 나의 평화로운 수초항이 어항으로 전락해 버렸다. 꼬리 치며 노는 암수 구피 한 쌍이 어항을 점령해버린 것이다.

"이런 근심의 씨앗들!"

나는 탄식했다. 이렇게 물고기 이름은 근심이(암컷)와 걱정이(수컷)가 되었다.

아, 근심의 씨앗이여!

나는 애써 어항 쪽을 보지 않으려고 애썼다. 혹시나 그 애들이 배를 뒤집고 물에 둥둥 떠 있는 장면을 볼까 봐. 그러던 어느 토요일 아침, 늦게까지 아침잠을 자고 있는데 남편이 다급한 목소리로 나를 깨웠다.

"여보, 일어나봐. 큰일 났어."

"응? 뭔데?"

"구…… 구피가 새끼를 낳았어!"

아, 이 녀석들. 우리 집에 온 지 일주일 만에 근심이가 새끼를 낳아버렸다. 어쩐지 배가 빵빵하더라니. 나는 그 빵빵한 배가 수면에 뒤집힌 채 떠 있는 것만 걱정했지, 새끼를 낳을 거라고는 상상도 하지 못했다. 이런 똥멍충이 같으니.

그제야 구피에 대해 너무 모르고 있다는 생각이 들어 검색 시작! 구피는 사실 엄청난 번식력을 자랑하는 아이들이란다. 헉. 새끼를 낳고 또 낳고 또 낳고 또 낳는단다. 어항에는 작은 점 같은 새끼들이 스무 마리 남짓 되었다. 이런 구피의 속성을 생각하면 이곳은 무한 번식의 루프에 빠질 것이다. 이 대참사를 어떻게 막지. 역시 얘들은 '근심의 씨앗'이었다. 근심도 씨앗도 모두 이름대로 갔다. 그래, 이게 다 그렇게 이름 붙인 내 잘못이다.

고미니의 탄생

이 카오스에 대해 남편이 내놓은 대책은 어항을 하나 더 사서 근심이와 걱정이를 견우와 직녀로 만들겠다는 것. 그렇다면 더 이상의 번식은 당분간 없다. 다시 어항과 흙과 돌과 씨앗과 조명이 배달되고 또 하나의 생태계가 탄생했다.

"그럼 새끼는 어떻게 해?"

"그건 나도 정말 모르겠어. 일단 이대로 좀 지켜보자."

작은 점들이 물풀 사이를 이리저리 들락날락하며 잘도 돌아다닌다. 얘들을 어쩌지, 아주 긴 한숨이 절로 나왔다. 그렇게 걔들은 '고민이(고미니)'가 되었다.

괜한 기우였군!

근심이 걱정이가 사는 어항은 각각 2.5L. 너무 작아서 여과기를 달기 애매했다. 그 대신 물을 자주 갈아줘야 했다. 남편은 2, 3일에 한 번씩 물을 갈아줬다. 물갈이 도구의 변화를 보면서 '호모사피엔스'의 위대함을 엿볼 수 있었다.

어항이 너무 작아 보통 사람들이 물갈이 때 쓴다는 쭉쭉이를 쓸 수 없자 주방에서 안 쓰는 소스 통을 찾아냈다. 입구가 길고 몸통이 말랑말랑해 케첩이나 기름을 담아 쭉쭉 짜서 쓰는 소스 통 말이다. 그걸 물에 담가 통을 한 번 쭉 눌렀다 떼면 물이 빨려 들어왔다. 이 방법은 대략 한 시간이 걸렸는데, 그게 답답했는지 물 호스를 사용하기 시작했다. 어렸을 때 과학실에서나 보던 투명 재질의 가느다란 에어튜브 말이다. 호모 사피엔스는 직접 물을 퍼 나르다가 낙차에 의해 물이 이동할 수 있음을 깨닫고 아하, 한 것이다. 낙차를 크게 하면 크게 할수록 물이 빨리 이동할 수 있음을 깨닫고 싱크대에서 식탁으로 장소를 옮겨 낙차를 활용해 지금은 20분 안에 물갈이를 끝내게 됐다.

하지만 이런 노력에도 불구하고 어항에는 이끼가 끼었다. 이끼를 없애보기 위해 조명 시간도 조절해봤지만 역부족이었다. 풀에 붙은 이끼를 핀셋으로 하나하나 떼어내던 남편은 이것은 사람이 할 짓이 아니라는 것을 깨닫고 다시 한번 도구(?)를 쓰기로 했다. 생물학적 병기, 바로 새우다. 새우를 들이기까지 남편은 고민이 많았다. 남편이 새우 사진을 보여줬는데 그가 왜 고민을 했는지 알 거 같았다. 새우 초심자의 감상을 직설적으로 말해보자면 징그럽고 못생겼다. 움직이는 수많은 다리를 단 벌레 같다. 머릿속 이미지와 확대된 실물 사진 사이에는 엄청난 괴리감이 있었다. 하지만 이끼를 끝내주게 먹어치운다는 말에 결국 새우를 받아들이기로 했다. 그렇게 새우의 이름은 '기우'가 되었다.

그렇지만 수중 세계에 대해 무지했던 나는 기우'들'이 올 줄은 꿈에도 몰랐다. 구피처럼 한 마리가 올 줄 알고 마음의 준비를 하고 있었는데, 생이새우 열댓 마리가 왔다. 그것도 부족해 야마토새우라고 몸체가 거대한 녀석들이 더 들어왔다. 도대체 정이 안 가는 외모에 득실득실 많기까지 하고 심지어 크기까지 하다. 징그러워! 하지만 명성대로 이끼 하나는 끝내주게 먹어치워 수초에 붙어 있던 이끼가 싹 사라졌다. 근심, 걱정, 고민, 기우는 꽤 조화롭게 잘 살게 되었다. 기우는 뜻 그대로 괜한 걱정이었나.

고미니의 수난

구피가 우리 집에 온 지 일주일 만에 낳아버린, 그래서 자신들이 근심의 씨앗임을 증명한 고미니들. 지금은 두 마리만 살아남았다. 검색을 해보면 구피는 새끼를 먹기도 하므로 분리해야 한다고 했지만 그렇다고 좁은 선반에 세 번째 어항을 들일 수 없는 노릇이었다.

생각보다 우리 고미니들은 몸을 빠르게 놀릴 줄 알아 근심이 걱정이가 다가오면 잽싸게 수풀 사이와 바위 뒤로 몸을 숨겼다. 나중에는 플라스틱병과 양파망을 이용해 어설프게나마 DIY치어항을 만들어줬다. 하지만 고미니들은 하나둘 사라졌다. 어항을 옮겨주다가 뜰채에 끼어 죽기도 하고 꼬리병(꼬리지느러미가 자라지 않고 뾰족하게 되어버리는 병이다) 치료를 하다가 죽기도 했다. 결국 2마리만 남았다.

그 조그만 점들이 몸도 길어지고 지느러미도 생기는 걸 보니 정이 들었나 보다. 살아남은 녀석들에게서 생명의 신비 같은 것이 느껴졌다. 남은 문제는 녀석들을 '근심이항'에 넣을지 '걱정이항'에 넣을지가 문제였다.

"여보, 근데 얘네 암수 구분은 어떻게 해?"

"걱정하지 마. 내가 알 수 있어!"

자신감 넘치게 말하는 남편은 산전수전 다 겪은 구피 전문가처럼 보였다. 하지만 그가 신중하게 나눈 고미니 남과 여는 나중에 알고 보니 완전 반대였다는 게 반전이지만 말이다.

어항다반사

나 같은 물고기 무지렁이가 또 새롭게 알게 된 사실.

물고기도 병에 걸린다. 근심이의 꼬리가 갈라지기 시작했다. 일명 꼬리갈라짐병이라 불리는 이 병은 구피에게 꽤 흔하게 발생하는 병으로, 소금이나 약을 탄 물에 넣어서 치료한다고 한다.

남편은 근심이의 입원 치료를 시작했다. 뚜껑이 있는 락앤락 통에 소금물을 넣고 근심이를 넣어놓았다. 소금물의 농도를 조절하고 그 수치를 통 위에 적어놓는 모습이 꽤나 전문적으로 보이는 게 흡사 수술을 집도하는 의사의 진지함과 닮아 있었다. 다행히 치료가 잘됐다. 하지만 다른 어항에 있던 걱정이의 꼬리도 갈라지기 시작했다. 같은 치료 방법이 적용됐고 꼬리가 살아나는 듯 보여 다시 어항으로 돌아갔지만 또 꼬리가 갈라졌다. 그렇게 완전히 회복되지 않은 채 치료를 반복하는 중이었다.

어느 날 외출한 남편을 대신해 애들 저녁밥을 챙겨주려고 갔더니, 오 마이 갓! 걱정이가 배를 뒤집고 둥둥 떠 있었다. 내가 물고기를 가족으로 들이면서 가장 걱정했던 상황이 눈앞에서 (하필 남편도 없는 이 상황에) 발생한 것이다. 기우들이 걱정이 주변으로 몰려들고 있었다. 물속 쓰레기를 치우는 게 녀석들의 일이니 뭐라고 나무랄 수 없지만 한집살이하던 가족을 먹는 꼴을 두고 볼 수는 없는 일이었다. 어항 살림살이를 담당하는 남편에게 뜰채를 어디에 뒀는지 물어보려고 전화를 걸었지만 받지 않았다.

결국 살림살이를 뒤져서 뜰채를 찾아냈고 걱정이의 시신을 거두어 작은 락앤락 통에 고이 담아놓았다. 내가 얼마나 호들갑을 떨면서 이 일을 했는지(난 기억하지 못하지만 온갖 비명을 내지 않았을까 싶다) 우리 강아지 라니까지 평소에 잘 안 오는 서재방으로 쫓아와서 어리둥절한 표정으로 나를 바라보고 있었다. 남편에게 전화가 왔다.

"여보, 무슨 일이야?"

"뭐 하느라 이제 전화해? 걱정이가 죽었어!"

"헉! 걔가 왜 죽었지?"

"몰라, 기우들이 몰려들어서 내가 뜰채로 건져줬어. 내가 왜 이런 일을……."

왜 그 순간 울음이 터졌을까. 걱정이가 죽은 게 불쌍해서? 내가 그렇게 말렸는데 일은 남편이 다 벌여놓고 결국 시신 수습 같은 이런 험한 일은 내가 해야 하는 억울함 때문에? 아니다, 나는 너무 미안해서 울었다. 적자 생존이 난무했던 어항에 대한 기억에서 벗어나지 못해 처음부터 마냥 얘네들한테 부정적이기만 해서 이렇게 일찍 떠난 것만 같았다. 괜히 이름을 근심이와 걱정이로 지어서 근심만 안고 살아서 병이 난 것만 같았다. 남편이 밥 좀 줘보라면서 물고기 밥을 건네줄 때 '흥칫뿡!' 하면서 계속 피했던 것도 미안했다. 정을 붙이면 이별을 감당할 수 없을까 봐 그런 건데, 이렇게 일찍 떠날 줄 알았다면 더 예뻐해줄 걸.

그렇게 걱정이가 갔다. 우리 부부가 이름 붙이고 거두어 먹이던 것이 죽었다.

어항, 그 끝은 창대하여라

애증의 어항 때문에 슬프기도 했지만 재미있는 일이 더 많았다. 근심, 걱정, 고민, 기우라는 일명 근심 시리즈 작명을 하면서 남편과 함께 침대에 누워서 배를 잡고 웃었다. 남편이 구피 정보를 검색하던 인터넷 사이트가 '담뽀뽀의 물생활'이란 곳이었는데, 그 덕분에 라면집을 중심으로 펼쳐지는 이야기를 담은 80년대 일본 코미디 영화 〈담뽀뽀〉를 보게 됐고, 그 여운이 남아 동네 일본 라멘집을 찾았는데 하필이면 그 집이 엄청난 맛집이었다는 큰 수확을 얻게 된 것도 따지고 보면 어항 덕분이다.

이제 새우가 포란을 해 새끼들도 산다. 어느 날 배에 알을 붙이고 다니는 걸 보고 이 녀석들이 단순한 병기가 아니라 생명체라는 사실을 까마득히 잊고 있었다는 것을 깨달았다. 작은 새끼 새우들은 귀엽기까지 하다며 남편은 새우 먹이를 따로 사두었다. 처음에는 징그럽다고 몸서리치던 새우였는데 지금은 배 주릴까 봐 걱정하다니. 어항의 시작은 미약했으나 거두어 먹일 것이 늘어나고 시끌벅적해졌다.

2.5L의 책임감은 실로 엄중했다.

오늘도 너무너무 귀찮지만, 그 엄중한 책임의 무게를 짊어지고 물갈이 노동을 하는 남편에게 물어본다.

"그래서 어항 덕에 당신 팔자는 좀 폈어?"

앗, 물어보는 타이밍이 좀 그랬나.

한결같이 밋밋한 엄마의 밥상이 주는 위로

"부모님이 허락했어?"

딩크족이라고 말하면 많은 사람들이 하는 질문이다. 한국 사회에서 결혼은 여전히 집안끼리 얽히는 문제니 당연히 궁금할 것이다. 다 큰 어른들이 부모님 허락을 받아야 한다는 질문의 전제 자체가 조금 우스꽝스럽게 느껴지지만 부모 된 입장에서 잔소리 정도는 할 수 있다고 생각한다. 하지만 계속 잔소리를 뭉개면서 버틸 수는 없는 일. 결국 언젠가 넘어야 할 산이다.

나는 우리 부모님을 잘 설득할 자신이 있었다. 우리 부모님은 대한민국의 여느 부모님들처럼 평범함을 지향하고, 남들 하는 만큼 하고 살아야 한다고 생각하는 분들이다. 당연히 딸이 결혼하고 손주 볼 생각을 했을 것이다. 하지만 나는 알고 있었다. 우리 부모님이 이 세상에서 제일 바라는 일은 내 새끼의 행복이라는 걸.

내 결혼식이 가까워졌을 무렵 내 밥상을 차려주고 마주 앉은 엄마가 나에게 "넌 언제 아이 가질 거냐?"라고 넌지시 물었다. 내가 "안 낳으려고." 대충 얼버무렸더니 엄마는 "그래도 나이가 많은데 빨리 낳아야 하지 않냐?"라고 진지하게 물었다. 나이만 들었지 철없어 보이는 딸이 걱정스러운 엄마의 마음을 마냥 외면할 수만은 없었다. 결국 모든 걸 솔직하게 말했다. 나는 아이를 낳지 않을 거라고. 신랑하고도 다 얘기했다고. 엄마는 실망한 기색이 역력했다. 꼭 그래야 하냐고 되물었다. 나는 이렇게 대답했다.

"엄마, 이건 내가 정말 행복하게 살기 위해 내린 결정이야. 나는 엄마가 되기보다 내 삶에서 다른 걸 성취하고 싶어."

딸이 스스로 행복하기 위해 내린 결정이고, 이렇게 자기 삶을 최선을 다해 살겠다는데 엄마도 어쩔 수 없이 항복하고 말았다. 엄마가 차려준 밥상 앞에서 이렇게 고집을 부리고 있자니 우리 엄마가 어떤 사람인지를 새삼 깨달았다. 나를 거두어 먹인 엄마 밥상처럼 항상 나를 지지해줬던 사람이란 걸.

우리 엄마는 음식 만드는 걸 좋아하는 사람이 아니었다. 열두 살 때 아파트에 사는 친구의 생일 파티에 갔다가 함박스테이크라는 걸 처음 먹었다. 집에 돌아온 내가 그런 음식은 처음 먹어봤다고 정말 맛있었다고 부러워하자 우리 엄마가 대답했다.

"엄마는 그런 거 못 해. 그러니까 엄마한테 너무 기대하지 마."

본인이 할 수 있는 일에 대해 정확하게 인지한 '쿨한' 엄마 덕분에 난 엄마가 해주는 건 아무거나 잘 먹는 딸이 되었다. 매번 자기는 요리가 체질에 안 맞는다면서 신메뉴 개발엔 전혀 뜻이 없는 엄마였지만, 그래도 자신이 할 수 있는 메뉴를 꾸준히 요리해 식구들을 거둬 먹였다. 잘 못 하지만 열심히 하고 있다는 느낌이 강했다. 얼마나 열심이었냐면 쌀가마니를 들다 한번 삐끗하면서 고질병이 된 요통이 도지는 날이면 허리 압박 밴드를 질끈 동여매고 삐뚜름한 자세로 아침밥을 지을 정도였다. 그 정도 되면 그냥 식구들한테 알아서 해 먹으라거나 밖에서 먹으라고 해도 됐을 텐데 말이다. 엄마가 그러고 밥을 짓는 걸 본 날, 제발 그러지 좀 말라고 짜증을 내니까 "내가 할 만하니까 한다!"며 상황을 일축해버렸다. 자기 몸이 아파도 식구들 밥은 꼭 해서 먹이겠다는 건 고집인 건지 관성인 건지 알 수 없었다. 결국 아침밥을 짓다가 싱크대 앞에서 쓰러지는 사태까지 벌어졌다. 엄마 자신도 인지하지 못하고 있던 저혈압이었다. 그런 좋지 않은 컨디션으로 새벽에 쌀을 씻겠다고 힘들게 몸을 일으켰을 엄마를 생각하면 식구의 끼니를 챙겨야 한다는 엄마의 의지는 흡사 결기에 가깝다는 생각마저 든다. 그래서 더 미안하고 고맙다. 잘하지 못하는 일을 열심히 하는 게 어디 쉬운 일인가.

어렸을 땐 엄마의 음식이 싱겁고 간이 덜 됐다는 걸 몰랐다. 대학에 들어가며 엄마 밥상에서 벗어나면서 바깥세상 음식이 우리 집과 다르다는 것을 깨달았다. 달고 짜고 매웠다. 집 밖의 사람들은 고기 먹는 방법도 우리 집과 달랐다. 우리 집에서 고기는 밥과 같이 먹는 반찬의 하나였다. 하지만 사람들은 일단 고기로 배를 두둑하게 채운 다음 후식으로 된장찌개와 냉면을 먹었다. 처음으로 밥 없이 고기만 먹으려니 오히려 고기가 잘 넘어가지 않아 공깃밥을 추가했더니 같이 먹던 사람들이 얘가 고기 먹을 줄 모른다며 놀려댔다. 또 사람들은 다양한 소스를 즐겨 먹었다. 새우튀김에는 폰즈나 타르타르, 장떡에는 간장이나 고추장 등 음식에 무언가를 찍어 먹는 걸 좋아하는 걸 보고 깜짝 놀랐다. 우리 집은 그런 음식을 소스 없이 그냥 먹었기 때문이다. 그러니 그 음식이 한식이든 양식이든 나는 음식 분야에서만큼은 세련되지 못하고 덜 떨어진다는 부끄러운 마음이 들었다. 왜 음식도 먹어본 사람이 먹을 줄 안다고, 내 앞에 랍스터가 있는데도 어떻게 먹는 줄 몰라 상대방을 멀뚱멀뚱 바라보던 심정, 내 앞에 놓인 다양한 식기를 어떻게 써야 하는지 모르겠는 그 막막한 마음. 20대의 철없던 나에게 세상은, 어쩌면 엄마의 음식을 벗어나 새로운 음식을 먹는 방법을 배워야 하는 곳이었을지도 모른다.

중학생 무렵 어린 나이에 고향에서 서울로 상경해 언니 오빠와 살아야 했던 막내딸 엄마는 외할머니에게 음식을 배울 틈이 없었을 것이다. 다리를 다친 외할아버지는 집에만 누워 계셨고, 외할머니 혼자서 농사일과 집안일을 하면서 어린 자식들을 키워내야 했고, 상경한 언니 오빠들이 동생들을 거둬야 했다. 엄마는 낯선 도시에서

20대 초반에 아빠를 만나 결혼하고 호랑이 같은 시어머니에게 혼나가면서 음식을 배웠을 것이다. 엄마에게 음식을 한다는 건 어쩌면 고된 시집살이의 시작 아니었을까. 아무리 열심히 음식을 해가도 이게 뭐냐고 날벼락 같은 호통을 치는 시어머니 앞에서 엄마는 그 꾸중과 역성을 다 받아낸 착한 며느리였을 것이다. 엄마는 천성적으로 소화 기능이 약해 센 간을 좋아하지 않아 음식 간을 약하게 했겠지만 아마 먹어본 음식의 스펙트럼이 넓지 않아 그랬을지도 모른다. 내가 어릴 땐 아빠가 운영하는 공장에 나가서 부족한 일손을 도와야 했고, 직원들 밥을 차려줘야 했고, 퇴근하고 돌아와서 어린 새끼들을 거둬 먹여야 했으니 새로운 것을 경험해볼 시간도 없이 젊은 시절이 훌쩍 지났을 것이다. 게다가 아빠가 한 번 사업 부도를 내고 가족들이 쫓겨 다니다가 집안이 다시 일어나기까지 우리 가족은 꽤 오랫동안 가난하게 지내야 했다. 그러니 바깥 음식을 먹을 줄도 몰랐고 새로운 음식을 해볼 생각도 못 해봤던 것 아닐까. 딸이 함박스테이크를 직접 만들어주는 다른 엄마를 부러워했을 때 못하는 걸 해보려고 아등바등하는 것보다 본인이 가장 잘할 수 있는 걸 해주는 게 더 낫다고 판단했을지도 모른다.

엄마는 나에게 무언가를 강요한 적이 없었다. 내가 중고등학교 때 밤을 새워가면서 시험공부를 할 때도, 내가 소설가가 될 거라면서 국문과를 선택할 때도, 휴학하고 돈을 모아서 어학연수를 간다 했을 때도, 교사 임용고시에 몇 번이고 떨어질 때도, 결국 임용고시를 포기할 때도, 여러 차례 이직할 때도, 여러 남자친구를 사귀어도, 결혼한다고 했을 때도, 아이를 낳지 않겠다고 했을 때도, 엄마는 언제나 내 의견을 따라줬다. 물론 반대한 적도 있고 본인 의견을 내기도 했다. 하지만 엄마의 의견에 내가 이러저러해서 나는 이렇게 생각한다고 반박을 하면 엄마는 이렇게 말했다.

"엄마가 잘 배우지 못하고 세련되지 못해서 미안해. 그래서 너에게 이렇게 저렇게 하라고 말하면서 앞길을 열어줄 수는 없을 거 같아. 엄마가 아무리 뭐라고 잔소리를 해도 너는 결국 네가 선택한 대로 할 거야, 그치? 하지만 한 가지 분명한 건 엄마는 항상 너를 믿는다는 거야. 우리 딸이 행복하면 그걸로 끝이야."

엄마의 응원은 엄마의 음식과 닮아 있었다. 언제나

나를 조용하게 지지해준 사람. 특출나게 센 간처럼 자극적이고 새롭진 않지만 말없이 나를 먹여 살린 엄마의 음식. 엄마의 세계는 투박했지만 밀도 있게 안정적이었다. 항상 그 자리에 있는 나무처럼. 그 나무는 이제 내 마음속에 굳건한 거목으로 자라 있다. 그리하여 나는 어디 가서도 쉽게 흔들리지 않고 나만의 세계를 펼쳐 나갈 수 있었다.

시어머니가 한 뼘 더
가깝게 느껴진 순간

우리 부모님은 자식을 사랑하는 마음으로 나를 이해했지만, 시부모님은 다른 문제였다. 그분들이 어떤 성향인지도 모르고, 남편이 잘 설득할지도 걱정이었다. 결혼 전에 혹시 시어머니가 퇴근하는 나를 기다렸다가 내 손목을 잡고 한약방 같은 데 데려가 임신에 좋다는 한약 같은 걸 맞추지 않을까 하는 두려움도 있었다. 하지만 이런 내 말에 남편은 빵 터지면서 그럴 리 없다고 걱정하지 말라고 했다. 본인이 다 얘기하고 왔으니 괜찮다는 것이다. 그리고 정말로 단 한 번도 시부모님께 아이 낳으라는 이야기를 들은 적이 없다.

결혼 후 시어머니를 점점 알아가면서 어머님의 비밀을 알게 됐다. 우리 시어머니는 현자, 즉 깨달은 자라는 것. 아들에 대한 집착을 놓아버리셨다는 점에서 말이다. 40년 넘게 함께 살아온 아들 성격을 누구보다 잘 알기에 '저놈 고집은 내가 못 꺾는다'라는 것을 일찍이 깨닫고 집안의 평화를 이끈 성자였다. 어린 시절부터 자기가 좋아하는 소시지가 없다고 밥 안 먹겠다며 도망 다닌 고집 센 아들을 키우면서 내 자식새끼 내 마음대로 할 수 없다는 인생의 진리를 일찌감치 깨달았던 것 아닐까. 결국 아들한테도 안 통할 말을 며느리한테 얘기해봤자 무슨 소용이 있겠냐고 쿨하게 놓아버리신 것 아닐까. 그러니 우리 집에는 고부 갈등이라는 게 존재할 수 없다.

내가 보고 들은 고부 갈등은 보통 이렇게 시작하는 거 같다.

장면 1

시어머니가 며느리에게 전화를 건다.

"아가야, 너희 집에 김치 필요하지 않니?"

"어머, 어머님. 저희 김치 많아요."

질문. 여기서 이 며느리의 대답은 몇 점일까?

정답은 빵점이다.

이 질문은 의도는 '내 아들에게 내가 담근 김치를 먹이고 싶다'라는 뜻인데 그런 어머니에게 김치가 많다고 했으니 빵점일 수밖에 없다.

장면 2

결국 시어머니가 김치통을 들고 찾아온다. 며느리는 당황한다. 설상가상 시어머니가 냉장고 문을 연다. 시어머니가 직접 냉장고 문을 열었다는 건 전투의 서막인데…….

여기서 질문. 궁예의 관심법으로 다음 말의 속뜻을 풀어보자.

"어미야, 내가 깍두기 좀 해왔다." (그러니 우리 아들 좀 먹이렴.)

"아휴, 어머님, 뭘 이런 걸 다 해오셨어요." (어머님, 그이는 어머니가 담근 김치 짜다고 안 좋아하는데 이렇게 자꾸 갖고 오시면 곤란해요.)

장면 3

이제 우리 시댁이다. 복날이라고 시어머니가 삼계탕을 끓였다. 마침 집에 들린 아들에게 어머님이 묻는다.

어머님 : 아들, 너희 안사람은 삼계탕 먹니?

아들 : 글쎄, 아마 안 먹을걸. 전화해서 물어볼게.

(따르르르릉)

남편 : 여보, 당신 삼계탕 먹어?

나 : 응. 나 삼계탕 엄청 좋아해!

남편 : 헐, 나랑 만나면서 삼계탕 먹은 걸 본 적이 없어서 당신이 못 먹는 줄 알았지!

나 : 내가 못 먹는 게 어딨어? 당신이 안 먹으니까 못 먹은 거지!

남편 : 어무이~ 며느리가 삼계탕 먹을 줄 안다는데!

어머님 : 그래, 그럼 이거 며느리 갖다줘라.

질문. 이 삼계탕의 진짜 주인은 누구일까? 정답은 아래에.

장면 3의 정답은 (설마설마) 며느리다. 나는 시댁의 '노 터치' 자유를 누리고 있을 뿐만 아니라 음식을 해서 보내드리지는 못할망정 음식을 받아먹은, 남들 보기에는 참 염치없는 며느리로 보였을지도 모르겠다. 복날이면 이렇게 전복까지 알차게 넣은, 온전한 내 몫의 삼계탕을 받아먹고 있으니 말이다. 물에 빠진 닭을 대체 왜 먹는지 모르겠다며 콧방귀만 뀌고 입도 안 대는 아들 대신에 뭐든 잘 받아먹는 며느리에게 맛있는 거 해 먹이시는 어머님을 보면 입맛 까다로운 아들에게 받은 그간의 한을 푸는 느낌마저 들었다. 그래서 그 마음에 보답하고자 국물 한 점 안 남기고 맛있게 먹고 있다.

더구나 시댁의 대소사는 남편과 시누이들이 서로 의논해서 해결하니 이 세상에 존재할 거 같지 않은 꿈 같은 시댁을 갖고 있다. 이러니 내가 남편에게 잘하지 않을 수가 없다. (이게 어머님의 '빅 픽처'?) 그래서 나는 감히 주장한다. 이런 시어머니는 한국 사회에서 보기 드문 천연기념물급에 속하기 때문에 속히 국보로 지정하고 '며느리가 내 아들에게 잘하는 탑 시크릿' 같은 교육을 시킨다면 명절 이혼율을 현격히 떨어트릴 수 있을 거라고.

하지만 이런 파라다이스에서 사실 조금은 불안했다. 어머니가 너무 터치를 안 하시니까 혹시 우리가 결혼할 때 아무런 경제적 지원을 해주지 못한 걸 못내 마음 쓰시고 저러시는 건 아닐까 싶은 생각도 들었다. 나는 처음부터 남편의 상황을 알고 결혼했기 때문에 애초부터 서운한 마음조차 없었는데, 그런 내 마음을 적극적으로 드러내지 않아서 저러시나 싶기도 했던 것이다.

경제적인 지원과는 별개로 어머니이기 때문에 아들에게 손주에 대한 욕망을 드러내실 법도 한데 전혀 그러지 않으시는 게 의아했다. 대체 남편에게 어떻게 말하고 왔냐고 물어도 자기는 그냥 아이 안 낳겠다고 선언을 했을 뿐, 특별한 조치를 하지 않았다고 하니 그게 더 미스터리다. 그래서 나에게 있어 어머님은 세상에 둘도 없는 천사 같은 분이지만 알 수 없는 존재이기도 했다. 게다가 자주 만나지도 않으니 조금 낯설게 느껴지기도 했는데 이런 내 감정의 경계를 완전히 무너뜨린 사건이 하나 있었다.

남편의 집안에는 거의 100세를 바라보시는 할머니가 계신다. 할머니 생신 잔치 겸해서 아버님을 비롯한 6형제의 가족들이 1년에 한 번 펜션을 빌려 1박 2일 함께 노는 집안 행사가 있다. 다 모이면 30여 명가량 되는데, 그 많은 식구의 음식을 챙기는 대장군이 우리 어머님이었다는 것을 나는 모임 당일에 알았다. 즉, 어머니는 모임이 있기 며칠 전부터 30명이 먹을 1박 2일의 반찬과 국을 준비하셨다는 뜻이다.

물론 친척들이 분담해서 식재료를 준비해오고 함께 음식을 만들지만 거의 어머님이 조리해온 음식을 데워 먹는다고 봐도 무방했다. 어머님 말씀으로는 본인이 예전에 식당을 해서 솥이나 들통같이 대량으로 음식을 만들 수 있는 조리도구가 집에 있어 당신 아니면 이렇게 해올 사람도 없다며 자처해서 이렇게 하신다고. 아이스박스에 음식을 포장해온 솜씨를 보니 한두 번 해본 솜씨가 아니었다.

그걸 알고 나는 너무 죄송스러웠다. 이제 엄연히 며느리도 보셨는데 이 많은 걸 혼자 준비하셨다니. 몰래 남편한테 한소리를 했다.

"나한테 귀띔이라도 해주면 내가 가서 좀 도와드렸을 거 아냐."

"아냐, 내가 도와드렸어. 괜찮아."

남편이 도와드렸다 하니 마음이 좀 놓이긴 했지만 그래도 조심스럽게 어머님께 말씀드렸다.

"어머님, 죄송해요. 제가 좀 도와드렸어야 했는데."

"어머, 아니다. 나는 이렇게 하는 게 습관이 돼서 사부

작사부작 준비하면 된다. 힘써야 하는 건 아들이 도와줘서 괜찮다."

그런데 진짜 곤란한 일은 이른 저녁을 먹고 나서 시작됐다. 여기 오기 전날 밤, 나는 우리 집 아픈 강아지 라니를 돌보느라 밤을 꼴딱 새웠다. 그 상태에서 배 속에 음식이 들어가니 잠이 쏟아졌다. 오후 5시쯤, 방에 들어가 잠깐만 누워 있겠다는 게 그대로 밤새 자버리고 말았다. 시집와서 시댁 식구들 다 모인 행사에 처음 참석한 거였는데 새색시가 방에 틀어박혀서 쿨쿨 자버리는 어이없는 대참사가 일어난 것이다. 아침에 눈을 뜨자마자 스스로 너무 황당하기 짝이 없어 무슨 낯으로 친척 어른들을 봐야 하나 망연자실했다. 주방에서 달그락거리는 소리를 듣고는 얼른 눈곱만 떼고 후다닥 나갔다.

"새애기, 잘 잤니?"

어머님은 나를 반갑게 맞아주셨다. 아침 준비는 거의 다 끝나 있었다. 물론 다른 친척분들이 식사 준비를 거들고 있다지만 어머님의 하나뿐인 며느리가 꼭두새벽부터 앞치마 두르고 나와 그릇이라도 닦지 못할망정 잠만 퍼질러 잤으니 우리 어머님은 다른 친척들 보기가 얼마나 창피할까 싶어 차마 고개를 들 수 없었다.

"어머님, 정말 죄송해요. 정말 죄송해요."

안절부절못하는 나를 향해 어머님이 말씀하셨다.

"죄송하다니, 그런 말 말아라. 여기는 네가 일하러 온 곳이 아니야. 가족들이랑 마음 편히 쉬려고 온 곳이야. 그러니 편하게 잘 잤으면 그걸로 된 거다."

나는 아직도 이 말을 잊을 수가 없다. 그 순간 너무 고마워서 눈물이 왈칵 났다.

그러니까 그때 그 말은 고부 관계를 넘어 정말 인간적인 배려의 발언이었다.

어머님은 이렇게 나를 생각해주셨는데 나 혼자 딴에 시어머니라고 불편해하며 쩔쩔매고 있었던 것이다. 더불어 미스터리한 어머니의 비밀이 풀렸다. 어머님은 내 남편을 이렇게 키우셨구나. 자식에 대한 집착을 거둔 것이야말로 자식을 올바르고 독립적인 인격체로 키울 수 있었던 어머님의 가장 큰 지혜였다. 그리고 온전히 내 편이 되어 말해주신 것처럼 말없이 따뜻하게 아들을 지지해주신 것이다. 나는 어머님뿐만 아니라 이런 어머님 밑에서 자란 남편을 더 믿을 수 있겠다는 확신이 들었다.

모두에게 너그러운 어머니의 큰 손 덕에 모두가 배부르게 먹은 날, 그분의 음식은 그 마음을 그대로 닮아 푸짐했고 맛있었다. 나 역시 든든하게 배를 채우며 어머님의 진짜 식구가 된 기분이 들었다.

3

적당한 살림,
합리적 행복

싫은 건 빼고
할 건 다 한 결혼식

남자든 여자든 자기가 꿈꾸는 결혼식이 있을 것이다. 고급스럽고 우아한 호텔 웨딩, 따사로운 햇살 아래 자유로운 느낌 가득한 야외 웨딩, 가족과 친구들과 도란도란하게 어울리는 스몰 웨딩. 하지만 모두 현실적으로 조금씩 타협한다. 예산, 시간, 접근성, 양가 어른의 의견 등 수많은 이해관계를 조율해 결혼식이라는 하나의 퍼포먼스를 성공적으로 치러야 한다.

다행히 우리 부모님은 우리가 하고 싶은 대로 결혼식을 할 수 있게 해주셨다. 그래서 결혼식 예단 예물은 과감히 생략하고 결혼식도 간소화했다. 아낀 예산은 신혼여행에 더 투자하기로 했다. 우리에게 예식이란 '신혼여행을 가기 위한 통과의례'였다. 설레는 허니문 여행을 떠나려면 어쨌든 하객들 앞에서 신고식을 치러야 하는 것 아닌가. 몇 달간 결혼식 준비라는 험난한 여정을 달려온 커플이라면 그 신고식을 얼른 끝내버리고 신혼여행을 떠나고 싶은 마음은 다 똑같을 것이다. 그러니 결혼식 자체에 그렇게 힘줄 필요가 없었다. 합리적인 가격에 하고 싶었던 걸 하는 정도로 결혼식을 준비하기로 했다.

스몰 웨딩을 하려고 하니 하객 수가 적어 일반 웨딩홀 가격은 감당할 수 없었다. 그렇다고 스몰 웨딩 전문 업체라는 곳이 가격이 싼 것도 아니었다. 작은 결혼식을 치를 수 있는 공공기관 예식장 대여를 알아봤다. 공공기관 웨딩홀은 대부분 당일에 한 커플만 받기 때문에 그 공간을 자유롭게 이용할 수 있었지만 내 손으로 식장을 꾸며야 했다. 물론 돈을 더 써서 행사 업체를 이용해도 됐지만, 이왕 하는 거 내 손으로 꾸며보기로 했다.

검색 결과 서초구에 있는 국립중앙도서관 예식장이 마음에 들었다. 후기 사진들을 보니 전체적으로 차분한 분위기에 은은한 샹들리에 빛이 더해져 좋았다. 하루 한 팀만 받기 때문에 그 넓은 공간을 우리만 쓸 수 있었다. 도서관이라 녹지 조성을 잘 해놓은 것도 마음에 들었다. 주차장도 넓고 1시간 무료 혜택까지! 대관 비용은 더 착했다. 6만 원(4년 전 가격이다. 지금 홈페이지를 확인해 보니 좀 올라서 7만 원이 넘는다). 우리 부부가 예상한 150명 정도의 하객을 수용하기에 적당한 규모였다.

이 웨딩홀은 분기별로 인터넷 예약을 받는다. 하지만 원체 인기가 많아서 신청 접수 5분 만에 마감되는 곳이라는 후기를 읽고 조금 걱정했다. 1월 1일 아침부터 신랑과 나는 각자의 컴퓨터에 앉아 '최애'의 콘서트를 예약하는 팬의 마음으로 로그인을 하고 9시가 땡 되기만을 기다렸다. 드디어 9시 정각. 얼른 신청하기를 눌렀다. 다음 단계에서 한글 파일로 된 신청서만 업로드하면 된다. 미리 작성해놓은 한글파일을 올리려는 순간, 파일명에 특수부호가 들어가서 업로드에 실패하는 대참사가 일어났다. 부랴부랴 파일명을 고치고 다시 접수했으나 정말 5분 만에 모든 신청 접수가 끝나버렸다.

아침부터 그 난리를 치고 우리는 결국 패배자가 되고 말았다. 울적하게 통화를 했다. 꼭 그 결혼식장을 고집할 필요는 없잖아. 다른 대안을 찾아보자. 그렇게 자포자기한 마음으로 전화기를 잡고 약간 무기력해진 상태로 서로를 위로하며 침대에서 뒹굴거리고 있었는데 그가 갑자기 전화를 끊어보란다. 뭐지? 전화를 끊고 멍하게 있는데 그가 다시 전화를 해서는 한껏 들떠 이렇게 외쳤다.

"신청에 성공했어! 해냈어!"

사연인즉, 그는 괜찮다고 말하면서도 풀이 확 죽은 내 목소리를 듣고 가만있을 수 없었단다. 그래서 나랑 통화하면서도 예약 화면을 계속 새로고침 하면서 혹시나 누군가 취소하기를 기다렸다. 그런데 기적처럼 누군가 한 자리를 취소했던 것. 신랑이 얼른 주워 먹은 그날이 우리의 결혼식 날이 됐다. 5월 8일. 어버이날. 혼기 지난 자식이라 집안의 애물단지 취급받으며 부모님 속을 썩인 두 사람이 부모님께 큰 효도하는 날이 된 셈이다. 나는 신랑의 아찔한 성공이 너무 신나서 거실에 나가서 부모님 앞에서 덩실덩실 춤을 춰버렸다.

그다음부터는 내 몫이었다. 내 결혼식을 내가 기획하면서, 싫은 건 빼고 할 건 다 하는 결혼식을 구상했다. 일단 의미도 없고 재미도 없는 주례는 과감히 생략. 양가 부모님이 덕담을 해주고 신랑 신부가 혼인서약문을 읽기로 했다.

결혼식 음악은 피아노 3중주 연주팀을 섭외해서 라이브 연주로 진행했다. 물론 축가 반주를 오디오로 틀면 돈을 더 아낄 수 있었지만 막상 연주팀 견적을 받아보니 내가 예상했던 것보다 쌌다. 19만 원에 내가 보낸 음악 리스트를 모두 연주해줄 수 있다는 대답에 당장 계약했다.

포토 테이블도 빠질 수 없었다. 국립중앙도서관 웨딩홀에는 커다란 테이블이 있었고 이용자가 원하면 마음대로 꾸밀 수 있었다. 인터넷으로 몇천 원 주고 하얀 천을 주문해 테이블 위에 깔고, 지금까지 본 액자 중에 가장 가성비 좋은 샌드위치 액자라는 제품을 주문해 셀프 웨딩 사진을 끼워 넣으니 꽤 그럴싸했다. 그리고 이 액자는 바로 신혼집으로 가서 인테리어로 활용됐다. 여기에 고속터미널 꽃시장에서 직접 고른 조화를 사서 꽂아놓으니 나만의 포토 테이블 완성!

꽃 이야기 나왔으니 말인데, 국립중앙도서관 웨딩홀의 꽃은 모두 조화다. 생화로 바꾸고 싶으면 돈을 더 들여 바꿀 수도 있다. 하지만 내 결혼식 모토가 '싫은 건 하지 말고 하고 싶은 건 다 해보자' 아닌가. 나는 뿌리가 잘린 채 줄기만 있는 생화 꽃다발을 보면 항상 어색하다는 느낌을 지울 수 없었다. 죽은 꽃이 살아 있는 척하는 느낌이랄까. 내 선택은 조화였다. 고속터미널에 가면 예쁜 조화들이 정말 많다. 결혼식에서 쓴 조화는 또 그대로 집에 가져가 집 꾸미기에 재사용했다. 그럼 부케는? 그것도 조화로 할까도 싶었지만 딱 마음에 드는 조화 부케가 없어서 고민하다가 원래 좋아하는 꽃인 스타치스로 했다. 이 꽃은 드라이플라워라 장기 보관이 가능하다. 늦게 결혼해서인지 부케 받을 친구도 없고 해서 부케를 그대로 집으로 가져가 몇 달간 곁에 두고 보는 호사를 누렸다.

보통 결혼을 하면 '스드메(스튜디오 촬영, 드레스, 메이크업)' 세트를 많이 하는데, 스튜디오 촬영은 과감히 생략하기로 했다. 배경과 포즈는 똑같고 사람 얼굴만 바뀌는 업체 사진은 싫었다. 나에겐 사진 찍는 걸 좋아하는 신랑이 있지 않은가. 인재를 옆에 두었으면 써먹어야 제맛. 우리는 셀프 웨딩 촬영이란 걸 해보기로 했다.

촬영할 스튜디오를 빌리기 위해 이리저리 알아봤지만 생각보다 가격이 비쌌다. 그러던 중 낡은 신혼집을 좀 꾸며보겠다고 신랑하고 벽에 페인트를 칠하다가 그가 기막힌 생각을 해냈다. 이 집에서 찍어보면 어떨까. 아직 가구가 들어오기 전에 색을 칠한 빈 벽은 배경으로 쓰기에 딱이었다.

찾아보면 웨딩드레스 대여 업체에서 소품도 싸게 빌려준다. 주문한 소품 세트를 처음 받아봤을 때는 여간 실망스러운 게 아니었다. 소품은 낡고 어설펐다. 하지만 막상 사진을 찍어 놓으니 사진에는 어설픈 티가 별로 나지 않는 것을 보고 이런 부실한 소품을 갖고도 장사가 가능하다는 것을 알았다. 드레스는 인터넷으로 8만 원 정도 주고 구매했다. "혹시 신혼여행을 가서 이걸 입고 사진 찍을 일이 있을지도 몰라" 하고 말한 건 변명이긴 했다. 그냥 하나 갖고 싶었다. 장판을 가리기 위해 보라색 벨벳 천을 사서 깔았다. 소품으로 쓸 가랜드도 만들고 화장도 내가 했다.

사실 이런 소품이니 화장발이니 다 의미 없었다. 집을 스튜디오로 만들 수 있는 비법은 뭐니 뭐니 해도 조명이었다. 사진은 그야말로 빛의 예술. 어떤 조명이냐에 따라 분위기가 완전히 달라진다. 우리가 사용한 조명은 집 천장에서 떼어낸 형광등이었다. 처음엔 이렇게 어설퍼도 될까 싶었지만 결과물을 보면 내 얼굴, 엄청 뽀샤시하게 나왔다. 사진 찍는 신랑의 사랑스러운 시선이 사진에서 물씬 느껴져 더 그랬을지도 모르겠다. 더구나 사진의 배경은 우리의 첫 신혼집. 이보다 의미 있는 웨딩 사진은 세상에 없지 않을까.

하지만 삼각대를 이용해 찍다 보니 둘이 찍은 투샷이 좀 아쉬웠다. 마침 인사동 쪽에 한복을 빌려주고 사진도 찍어준다는 업체를 찾았다. 7만 원 정도에 원본 사진을 모두 보내주고 우리가 고른 사진은 보정도 해준단다. 마침 우리 엄마가 한복을 맞춰줘서 이걸 어디에 쓰나 고민했었는데 이때 참 잘 써먹었다. 이렇게 남들 다 하는 스튜디오 웨딩드레스 샷과 한복 샷을 해결했다.

마지막 야외 촬영. 사실 이 부분만큼은 확고한 나만의 콘셉트가 있었다. 전도연 황정민이 출연한 신파 멜로극 〈너는 내 운명〉에 나오는, 흐드러진 꽃나무 아래 신랑 신부가 서 있는 장면. 이 영화를 감동적으로 본 건 아닌데 이 장면만큼은 정말 좋았다. 야외 사진은 여러 장일 필요도 없었다. 꽃나무가 깔린 배경에 꽃비가 내리는, 단 한 컷이면 충분했다.

우리 결혼식은 5월. 그렇다면 4월 벚꽃 시즌을 노려보기로 했다. 활짝 핀 벚나무를 배경으로 사진 찍을 수 있는 여러 장소를 찾아봤다. 하지만 벚꽃이 풍성하게 핀 곳을 찾아가도 내가 원하는 분위기가 아니었다. 벚나무의 키가 너무 컸기 때문이다. 알고 보니 〈너는 내 운명〉의 배경은 사과나무라고 한다. 키가 작은 사과나무였기에 사람 바로 뒤에 풍성한 꽃 배경을 만들었던 것이다. 그런 벚나무를 찾는 게 쉽지 않았다.

그렇게 장소 고민을 하던 중 한복 사진을 찍고 돌아가던 길에 우연히 동국대 캠퍼스가 눈에 들어왔다.

"어, 오빠, 저기, 저기 괜찮아 보인다."

그렇게 갑작스레 야외 촬영이 결정됐다. 동국대 입구 언덕은 경사가 심한데 그 경사 덕에 언덕 끝까지 올라가니 사람 뒤로 벚꽃 배경이 자연스럽게 깔렸다. 손을 뻗으면 벚꽃 가지를 잡을 수 있을 정도였다. 여기다! 여기! 마침 꽃잎도 자연스럽게 떨어졌다. 그렇게 꽃비 맞으며 촬영을 순조롭게 마칠 수 있었다.

사실 이렇게 열심히 기획한 내 결혼식의 백미는 신부가 부르는 축가였다. 나는 어렸을 때부터 내 축가를 내가 부르기로 뜻을 세운 당찬 꼬마였다. 곡도 그때 정했다. 어렸을 때부터 보고 또 봤던 〈인어공주〉의 주제가 〈A part of your world〉로. 내가 자처하고 축가를 부르겠다고 하니 무대 공포증이 있는 신랑은 한시름 놨다. 대부분 결혼식은 신랑이나 친구들이 노래를 부르는데 그런 걱정은 안 해도 됐으니 말이다.

하지만 나 역시 150여 명이라는 인생 최대 관객 앞에서 노래를 부르려고 하니 무척 긴장됐다. 어쩌면 이날을 위해 큰 무대에서 노래를 불러보는 경험이 필요하다고 무의식적으로 느꼈던 건 아닐까. 결혼식이 있기 바로 몇 달 전에 나는 무턱대고 내가 사는 동네에서 개최하는 가요제에 참여하기로 했다. 신랑이 물었다.

"대체 왜 가요제 같은 거에 참가하는 거야?"

"글쎄…… 하지만 지금 아니면 언제 이렇게 많은 사람 앞에서 노래를 불러보겠어?"

물론 예선에서 뚝 떨어졌다. 동네 가요제라 우습게 보면 안 됐다. 알고 보니 가수의 꿈을 가진 재능 있는 사람들이 커리어를 쌓기 위해 출전하는 곳이었다. 그날의 무대 경험으로 내 성량이 꽤 크다는 것을 알게 되었고, 나도 무대 앞에선 덜덜 떤다는 걸 확인했다. 그래도 이렇게 값싸게 연습을 한 덕에 결혼식 당일엔 좀 더 여유롭게 축가를 부를 수 있었다.

그렇다면 얼마나 합리적인 비용이었을까. 우리 결혼식 비용은 식비는 빼고 약 170만 원 정도 들었다. 남편 예복을 포함한 드레스·메이크업, 본식 촬영, 남편과 나의 수제화, 셀프 촬영, 대관비, 연주비 등이었다. 한정된 예산에서 하기 싫은 건 과감하게 빼고 해보고 싶었던 건 내 뜻대로 해볼 수 있었다. 이렇게 하니 결혼식 준비가 스트레스가 아니었고 오히려 재밌었다. 주변에서 결혼식 준비하면서 너무 스트레스를 받고, 심지어 파혼까지 가는 경우를 봤기 때문에 걱정이 없었던 것은 아니지만 배려심 많은 부모님과 항상 내 편인 남편 덕분에 내 스타일로 결혼식을 치를 수 있었다. 내가 꿈꿨던 결혼식은 이렇게 내 마음대로 해볼 수 있는 건 다 해보는 것이었으니, 내 결혼식 로망은 이룬 셈이다.

셀프 인테리어 도전기

내가 태어난 해에 지어진 아파트. 그 낡은 아파트 1층 한구석이 우리의 보금자리다. 하느님이 도우사 운 좋게 얻은 임대아파트지만 너무 낡아서 그대로 살 순 없었다. 조금씩 집을 손보다 보니 어느새 우리는 셀프 인테리어라는 것을 하고 있었다.

처음 집을 배정받았을 땐 두근두근했지만 시간이 지날수록 조마조마했다. 그 이유는 바로 전에 살던 사람들이 집을 얼마나 깨끗이 썼을까, 궁금했기 때문이다. 공단에서 최대한 관리를 하고 있다지만 원체 오래되어서 아주 낡고 지저분하다는 말을 하도 많이 들어서였다. 입주일 전에 괜히 그 집 앞에 가서 서성거려봤다. 겉보기에도 무척 낡아 보였다. 예전에 임대아파트에서 살아봤던 직원들의 일화를 들어보면 거의 정글에 사는 수준이었다. 같은 부서에서 일했던 한 직원은 아파트 베란다에서 거의 타란튤라급 거미를 본 후 다시는 베란다 문을 열지 않았고, 이를 악물고 거액의 대출을 받아 1년 만에 그 집을 탈출했다고 한다. 온 집 안에 거미줄이 쳐진 모습을 상상하다가도 설마 그 정도는 아닐 거라는 작은 희망을 품으며 시간이 가기만을 기다렸다.

12월. 기존 세입자가 이사 나가서 드디어 들어가본 집은 역시! 많이 망가져 있었다. 화장실 타일 벽엔 못 구멍이 왜 그리도 많은지, 타일은 또 왜 그렇게 많이 깨졌는지. 화려한 꽃무늬의 촌스러운 벽지는 여기저기 구멍투성이였고, 심지어 바깥 베란다 창문은 깨져 있었다. 주방 전체엔 찌든 때가 가득했다. 현관문은 제대로 잠기지도 않았다. 한겨울 보일러 꺼진 집에는 사방에서 스산한 바람이 불어 들었고 집 안을 둘러볼수록 추위 때문인지 불안 때문인지 계속 몸이 떨렸다. 바로 며칠 전까지 이런 집에서 아이 셋을 둔 가족이 살았다는 게 믿기지 않았다. 하지만 그들은 방문마다 '참 잘했어요' 도장을 빼곡하게 찍어둠으로써 자신들이 이 집에 살고 갔다는 흔적을 확실히 남겨두었다. 그나마 이 집에서 유일하게 다행인 건 싱크대 하부장과 상부장이 화이트라는 것뿐이었다(촌스러운 옥색이나 체리색이었으면 싱크대를 다시 샀거나 화이트로 만든다고 엄청 고생했을 것이다).

우리 결혼식은 5월이니, 집을 손볼 시간이 많았다는 게 불행 중 다행이었다. 남편은 일 끝나고 저녁마다 신혼집에 들러 부서지고 구멍 난 벽을 퍼티로 메우는 작업을 했다. 퍼티 작업은 페인트를 바르기 전 표면을 다듬는 기초 작업이다. 이때부터 전체 인테리어 콘셉트는 내가 잡고 남편은 작업반장 역할을 했다. 내가 자료를 찾아보고 기획을 하면 남편은 그 작업이 가능한지를 가늠해보고 실행하는 식이었다.

도배와 장판이 들어오기 전 방문과 문턱, 베란다와 각 방의 창틀, 걸레받이를 화이트로 칠하기로 했다(다행히 천장 몰딩이 없는 집이라 일이 줄었다). 페인트칠을 한다고 생각했을 땐 '쓱쓱 붓으로 칠하면 그만이지'라며 재밌겠단 생각마저 들었다. 하지만 우리 작업반장 남편은 나처럼 대충의 퀄리티를 원치 않았다.

칠의 퀄리티를 높이려면 우선 문에 붙은 스티커를 모두 제거하고 퍼티 작업을 한 후 표면을 반들반들하게 하려고 샌딩기를 돌린다. 칠을 하기 전 마스킹 테이프를 주변에 둘러서 다른 곳에 페인트가 묻지 않게 밑 작업을 한 후 붓 자국이 나지 않도록 섬세하게 칠해야 하는, 고되고 귀찮은 준비 작업을 해야 했다. 남편은 다년간 프라모델을 채색한 자신의 과거가 헛되지 않았다는 것을 이 페인트칠 과정을 통해 증명해 보였다. 남편 왈.

“이 집이야말로 내 인생 전체에서 가장 넓은 범위의 채색이로군!”

하나의 문짝을 칠하기 위해 그 준비과정은 너무 혹독했다. 특히 샌딩. 나무를 매끈하게 만드는 일은 온몸으로 나무 먼지를 뒤집어쓰는 일이었다.

“이거 너무 힘들다. 그냥 샌딩 안 하고 페인트 바로 칠하면 안 돼?”

남편은 땀과 먼지가 덕지덕지 붙은 안경을 추켜올리고는 고개를 저었다. 그는 끝까지 샌딩을 포기하지 않았다. 어쩌면 이 집을 자신이 완성해야 할 거대한 프라모델이라고 생각해버린 것 같았다(이래서 덕력은 무섭다고 하는 건가 보다).

페인트칠을 도우러 온 내 친구도 그 고퀄을 인정했다. 당시 머릿속이 복잡했던 친구가 페인트칠같이 아무 생각도 안 하는 단순 작업을 하면서 힐링(?)을 하고 싶다길래 기꺼이 우리 집으로 초대했다. 하지만 그 친구에게 충분한 힐링을 제공하지 못했다. 걸레받이를 칠하기 전 걸레받이에 붙어 있는 벽지를 떼어내느라 더 많은 시간을 보내고 만 것이다. 밑 작업에 시간을 할애하느라 더 많은 페인트칠을 제공하지 못해 친구에게 미안해하자 그 애는 아무 기초도 없이 페인트를 칠한 자기 친구 이야기를 해주면서 자기를 위로하는 건지 나를 위로하는 건지 알 수 없는 칭찬을 했다.

"그렇게 대충 칠한 페인트칠은 멀리서 보기엔 그럴듯해도 가까이서 보면 초보가 한 티가 팍팍 나는데, 이 집 문짝은 진짜 잘 칠했다!"

기본 페인트를 칠하고 도배와 장판까지 마치니 집이 하얘졌다. (감동!) 여기에 남편이 블랙앤화이트의 깔끔한 전기 콘센트와 전등 스위치를 사서 싹 바꿔놓으니 새로 인테리어한 느낌이 팍팍 났다. 베란다의 깨진 유리는 관리사무소에서 갈아줬다. 문제는 현관문이었다. 처음에는 낡아빠진 연두색 문의 안쪽을 페인트칠할 생각만 했는데, 집을 들락날락하다 보니 낡은 게 문제가 아니라 제대로 닫히지 않는 게 더 큰 문제였다. 틈이 벌어지는 문은 보안 문제를 일으켰다. 남편과 상의 끝에 현관문을 아예 새로 사서 달기로 했다. 인터넷으로 현관문을 주문하니 출장기사님이 와서 아주 깔끔하게 달아주고 갔다. 다른 집 문이랑 완전하게 다른 새 문을 달면, 저 집은 다 낡아빠진 아파트에 별 유별을 떤다는 시선도 부담스러웠고, 예상에도 없던 큰 금액을 지출하는 거라 고민했지만 그때 문을 바꾼 건 정말 탁월한 선택이었다. 사실 전에 살던 사람들이 창문 틈새에 붙여놓은 문풍지를 보면서 '집이 얼마나 추우면 이렇게 온 틈새를 다 막았을까' 하고 불안한 마음이 들었다. 하지만 살아보니 집은 생각보다 따뜻했다. 알고 보니 온 집안에 문풍지를 바를 만큼 추웠던 이유는 예전 현관문 때문이었다. 틈이 다 벌어진 문으로 바람이 엄청나게 들어오니 아무리 창문을 막아도 소용없었을 것이다. 예쁘고 튼튼한 문을 달아 보안 문제도 해결하고 집도 따뜻해졌고 난방비도 줄였으니 이 정도면 본전 뽑았다.

예쁜 집은 예쁜 조명이 좌우한다는 신조 아래 틈틈이 검색해본 결과, 사람들은 주로 을지로 조명상가에서 발품을 팔거나 북유럽 조명을 직수입하는 방식을 택했다. 직수입은 비싼 데다 오래 기다려야 해서 패스. 그렇다고 을지로에 발품 팔 시간도 없었다. 결국 우리는 국내 한 조명회사의 인터넷몰에서 모든 조명을 한꺼번에 주문했다. 방과 거실은 깔끔한 기본 LED 조명을, 주방과 현관은 레일 조명과 포인트 조명을 사용하기로 했다.

문제는 조명을 셀프 시공하기엔 우리 집 벽과 천장이 너무 단단한 콘크리트 벽이라는 데 있었다. 남편이 갖고 있었던 장비는 전동드라이버. 물론 이 장비도 해머 기능이 있어 콘크리트 벽을 뚫을 수 있다고 광고를 하지만, 광고와 현실은 늘 다른 법이니까. 주방에 레일 조명을 달다 곤욕을 치렀다. 한 시간 넘게 구멍은 안 뚫리고, 남편은 땀을 뻘뻘 흘리고, 결국 윗집 할머니가 뛰어 내려오고, 난리가 아니었다. 지금 남편은 그렇게 어리바리하던 시절을 두고두고 후회한다. 이제는 아파트 관리사무소에서 공구를 대여해준다는 사실을 알았으니까. 거기서 울트라 초특급 해머드릴을 빌리면 벽에 구멍 뚫는 일 따윈 후딱 해치울 수 있게 됐다.

화장실은 다 뜯어고쳐야 했으므로 셀프는 포기. 전문업체에 맡기기로 했다. 우선 동네 인테리어 업체에 가서 비용을 슬쩍 물어봤는데, 사장님 말이 우리가 생각하는 가격에 다 맞춰줄 수 있단다. 즉, 인건비는 어차피 정해져 있으니까 그걸 빼고 타일, 수전 용품, 양변기 같은 용품들을 값싼 중국산 제품으로 맞추면 얼마든지 예산에 맞출 수 있다는 것이다. 내 예산은 200만 원 남짓이었고 결국 여기에 맞춰 공사할 수밖에 없었다. 한정된 예산으로 잡지책에서 본 것 같은 워너비 인테리어를 포기하고 현실과 타협해야 했다. 인터넷으로 내 예산에 공사해줄 수 있는 업체를 찾았다. 사실 돈을 더 들일 수도 있었지만 전셋집에 너무 큰 비용을 쓰고 싶진 않았다. 한정된 예산으로 귀신 나올 거 같은 화장실에서 벗어나 완전 새 화장실로 갈아탄 것만으로도 만족했다.

주방은 나를 가장 심란하게 만든 곳이었다. 상부장과 천장 사이에 애매하게 공간이 벌어져 있었는데, 그 사이에 먼지며 거미줄이 잔뜩 있었다. 저길 어쩌나 고민했는데 남편이 뜻밖의 해결책을 내놨다. 하얀 판때기로 그 사이를 안 보이게 가리는 거였다. 아, 가리면 되는구나! 완전 내 스타일인데! 이 해결책은 주방 인테리어에 계속 적용됐다. 싱크대와 상부장 사이 타일 위에 촌스러운 시트지가 붙어 있어서 뜯어보니 옛날 목욕탕에서 볼 법한 옥빛 타일이 숨어 있었다. 색도 색이지만 많이 깨져 있어서 그대로 쓸 수 없었다. 타일 시공도 생각해봤지만 '저렴하게 가려보자'라는 원칙을 지키기로 했다. 처음에는 보다 타일이라고 타일 시트지를 쓰려고 했다. 붙이기도 편하고 언뜻 가격도 싸 보였기 때문이다. 하지만 실제로 붙일 면적을 계산해보면 여러 장을 주문해야 하고 그럼 점점 비싸진다는 게 함정. 결국 우리는 타일 무늬의 일반 시트지를 사서 지저분함을 가리는 가장 값싼 방법을 선택했다.

셀프 인테리어에 성공 스토리만 있는 것은 아니다. 완전 바보짓도 저질렀다. 우리 집 주방은 가스레인지 측면이 타일이 아니라 벽지다. 온갖 기름때가 흰 벽지에 다 튀었다. 더러워진 벽지가 보기 싫어서 나는 그 벽에 매끈매끈한 하얀 시트지를 바르기로 했다. 시트지를 써보니 도배지와 달리 오염물이 잘 닦였기 때문이다. 하지만 결과는 대실패. 한쪽 벽 전체를 도배지처럼 위에서부터 쭉 내려 붙이려는 계획은 처참하게 실패였다.

잠깐, 인테리어 초심자에게 당부하는 바이다.

"여러분, 절대 벽지 위에 시트지를 붙이지 마세요!"

시트지는 매끈한 표면에 붙여야 다시 뗐다 붙일 수 있는 물건이다. 그런데 도배지 위라면? 다시 뗐다 붙일 수 없다. 이 기본을 간과한 우리는 우글우글해진 주방 벽을 갖게 됐다. 대실패의 참사를 인정하고 정신 승리로 극복하는 수밖에.

"일부러 핸디코트(일명 퍼티라 불리는 보수제를 벽면에 발라 거칠고 자연스러운 느낌을 내는 기법)를 흉내 낸 디자인 같잖아, 괜찮은데!?"

천만다행으로 이 우글우글한 시트지는 오래가지 못했다. 윗집 배수관이 터지면서 우리 집 천장으로 물이 샌 탓에 집주인인 공단에서 주방과 거실 전체를 다시 도배해줬다. 만세!

집 안 전체를 하얗게 정리한 후 페인트와 가구로 포인트를 주면 셀프 인테리어는 마무리된다. 이렇게 큰 캔버스를 그리는 데 약 570만 원 정도 비용이 들었다. 이 중 화장실 공사비 220만 원, 약 18평 집 전체 도배 장판이 90만 원 들었다. 나머지는 페인트, 조명, 전기 자재 등 비용이었다. 돈을 더 아끼려면 전문업체에 맡긴 일도 직접 하면 됐겠지만 그 정도 능력은 안 됐기에 이 정도 비용으로 내 고생을 줄인 것에 만족한다.

인테리어라는 게 한 번 했다고 완전히 끝나는 게 아니다. 살다 보면 바뀐다. 가족 구성원들과 함께 이 집에서 불편한 점, 개선해야 할 점을 고민해보고 공간을 어떻게 바꿀지 계속 생각해보는 것. 이게 가족의 쉼터인 집이라는 공간을 사랑하는 마음가짐이었다. 그래서 우리 집은…… 강아지 라니가 오면서 인간중심주의에서 강아지 중심주의로 점점 바뀌어갔다.

우리가 서재방에 들어가 있으면 라니가 싫어했다. 등을 보이고 책상에 앉아 있으면 방문 앞에 와서 왕왕 짖어서 사람을 방에서 끌어내어 엉덩이를 붙이고 앉아 있어야 만족해했다. 그래서 2인용 책상 의자를 찾아봤지만, 식탁 의자가 아닌 책상 의자용으로는, 제작하지 않고는 살 수 없어 보였다. (반려가구를 만드는 능력자분이 있다면 옆자리에 멍멍이를 놓고 일할 수 있는 2인용 책상 의자를 만들어 상업화해줬으면 좋겠습니다!) 등을 보이지 않으면서 동시에 눈을 마주치면서 가까운 공간에 앉아 있어야 한다면…… 그렇게 컴퓨터 책상이 거실로 끌려 나왔다. 거실에 있던 대형 TV는 침실로 들어갔다. 거실 공간이 좁아지면서 라니의 슬개골 탈구를 방지하기 위해 깔아둔 놀이방 매트가 방으로 들어가고 대신 거실 전체를 카펫타일로 시공했다. 반려견 친화 인테리어에 관심을 갖게 되면서 알게 된 카펫타일은 직접 시공해보니 놀이방 매트보다 훨씬 깔끔하고 예뻤다. 그레이톤으로 시크하게 꾸민 침실에는 라니가 오르내릴 수 있는 커다란 미끄럼틀 계단이 들어오면서 시크함을 잃어버렸다.

처음 정성을 들였던 인테리어가 망가졌다고 속상해하지 않기로 했다. 어차피 영원한 건 없다. 인테리어, 즉 공간 꾸미기에서 제일 중요한 건 그것이 내 삶의 가치를 반영해야 한다는 것이다. 사실 우리 모두 조금씩 인테리어를 하고 있다. 하다못해 전구가 망가져 갈아 끼우는 것도 인테리어 행위다. 내가 셀프 인테리어를 했다고 말하면 주변 반응은 대략 두 부류로 나뉜다. 먼저 부러워하는 쪽. 이들은 주로 '재주도 좋다. 나는 똥손이라서 못하는데……' 하며 감탄하는 편이다. 다음은 무모하다는 쪽. 이쪽은 그래도 제대로 고치려면 전문업체를 써야 한다고 말한다. 하지만 내가 하고 싶은 말은 셀프 인테리어라는 게 거창하고 어려운 일이 아니라는 거다. 요새같이 정보가 넘치는 세상에, 비싼 돈 들여 완벽하게 해야겠다는 생각을 버리면 방법은 얼마든지 많다. 전문 업체에서 찍어낸 듯한 천편일률적인 디자인을 벗어나 자기 삶을 반영한 공간을 갖는 것뿐만 아니라 뜻밖의 소득이 하나 더 있다. 이렇게 공간 하나하나에 이야기가 쌓인다는 것이다.

2인 가족의 티스푼은 몇 개가 적당한가

우리 집의 풀리지 않는 난제. 우리 가족에게 적당한 티스푼은 몇 개인가를 놓고 오늘도 티격태격한다. 마트에서 티스푼을 더 사겠다는 남편을 말리며 말한다.

"우리는 2인 가족이잖아. 그러니 집에 있는 4개의 티스푼이면 적당해. 더 살 필요 없어."

"아냐, 우리가 쓰는 거 보면 최소 6~8개의 티스푼이 필요해."

"자주 설거지를 해서 돌려가며 쓰면 되잖아."

"하지만 자주 설거지를 하지 않잖아."

설거지 담당인 나는 할 말을 잃었다. 뭐 티스푼이 얼마나 한다고 그런 거로 마트 진열대 앞에서 쓸데없는 논쟁을 한다고 할 수도 있지만 이건 돈 문제가 아닌 가치관 대립이라 우리에겐 꽤 치열하다. 우리 부부는 물건을 사는 데 있어서 자신만의 합리적인 기준이 있는 사람들이다. 다행히 그 기준이 완전히 다르지는 않았다. 우리 둘 다 적당한 소비를 사랑한다. 검소한 것도 아니고 그렇다고 남용도 아니다. 삶의 질을 높이는 물건을 될 수 있으면 적당히 싸게 사고 적당히 쓰다가 버리는 것이다. 가끔 남편과 이 적당히의 수준이 달라 이렇게 의견 대립이 있지만.

신혼 초 혼수도 이 원칙에 따라 대부분을 인터넷으로 샀다. 결혼 박람회도 가보고 그곳에서 가전 할인 견적도 받아봤지만 불필요한 옵션이 많았고 결국 인터넷 최저가로 사는 게 가장 싸다는 결론을 내렸다. 엄마는 이런 내게 못내 섭섭해 하셨다. 엄마는 큰딸 시집보내는 데 로망이 있었던 모양이다. 딸과 함께 그릇을 보러 다니는 것도 그중 하나였나 보다. 하지만 집에서 택배 상자를 열며 깨진 그릇을 추슬러내고 또 그 물건을 다시 배송받는 딸내미를 보면서 그 로망은 한편에 접어놓아야 했다. "혼자 알아서 척척 잘 준비하네." 하면서도 "이런 도자기 그릇은 금방 깨져서 안 좋은데……." 하며 잔소리

조금 보태는 것 이외는 더 개입하지 못했다. 여기저기 돌아다니면서 몸이 축나는 발품보다 인터넷으로 주문하고 받는 손품이라는 게 있으니 얼마나 편하냐고 대답했지만, 어쩌면 엄마와 같이 그릇 보러 갔으면 투닥투닥하지 않았을까. 엄마는 안 깨지는 게 최고라면서 꽃무늬 코렐 그릇을 사라 했을 테고, 난 그릇에 들어간 꽃무늬는 싫어하니까. 인터넷 없는 세상은…… 분명 전쟁터였을 거다. (코렐 그릇을 싫어하는 건 아니다. 다만 하얀 그릇 곳곳에 박힌 꽃 그림이 싫은 것일 뿐.)

이렇게 우리 집 가구를 키운 건 팔 할의 인터넷 쇼핑과 이 할의 이케아일 것이다. 이케아는 광명에 있는 매장을 직접 방문해야 하고, 그 매장은 주말에 주차하기가 엄청나게 힘들고, 큰 가구를 살 때 직접 가져가지 못한다면 배송료가 어마어마하게 비싸다는 단점이 있다. 직접 가기 힘들다면 구매대행 업체를 이용하면 되지만 조금 더 비싼 건 사실. 가구 대부분이 조립식이라 나처럼 드라이버조차 잘 못 돌리는 사람들에게는 심리적 장벽이 존재한다. 이런 단점에도 불구하고 이케아 가구를 사는 가장 큰 이유는 무엇보다 가성비 때문이다. 가구를 원하는 대로 구성할 수 있고 다 조립해놓고 보면 꽤 예쁘다는 것도 한몫한다. 누구나 쉽게 조립할 수 있게 모듈이 만들어져 있고 조립 설명서도 그림으로 되어 있어 직관적으로 따라하면 되니 간단하고 작은 가구부터 도전해봐도 좋을 법하다. 나는 남편 찬스를 활용해 처음부터 집 안의 장이란 장은 모두 이케아를 활용했다. 특히 내가 애정하는 아이템은 이케아 빌리장. 원하는 길이, 높이로 모듈을 구성할 수 있고 그 안에 선반을 몇 개 넣을지, 선반 높이를 어떻게 구성할지, 장에 문을 달지 안 달지도 고를 수 있다. 문도 일반문, 유리문, 불투명문 등 다양하게 고를 수 있고 여러 문을 혼합할 수 있다. 물론 조립식 가구인 만큼 그다지 견고하진 않다. 드레스룸의 팍스장은 몇 년 쓰다 보니 뒷부분이 조금씩 뒤틀리는 증상이 나타났다. 딱 그 가격만큼만 튼튼하다. 어차피 이사 가면 그 집에 맞는 다른 장을 사야 할 수도 있으니 딱 이 집에 있는 만큼만 쓰면 된다.

작은 집에서 공간을 잘 활용하기 위해 혁신적인 아이디어들이 필요했다. 때론 살림에 대한 틀을 깨는 발상을 해야 했다. 거실이 작은 옛날 아파트 구조상 전형적인 주방-거실 인테리어, 그러니까 주방에는 식탁이 있고 거실에는 소파와 티브이가 있는 구성을 하기에는 공간이 턱없이 부족했다. 줄자를 들고 집 안을 이리저리 재가며 남편과 상의한 끝에 식탁과 소파를 합치기로 했다. 소파 앞에 식탁 테이블을 놓기로 한 것이다. 하지만 이 작전에 가장 큰 문제는 가구의 표준 사이즈에 있었다. 우리나라 대부분의 식탁 높이는 780, 소파는 450 내외로 생산된다. 식탁에 비해 너무 낮은 소파를 식탁 의자로 쓸 수 없었다. 그렇다고 소파를 포기하고 살자니 집에서 뒹굴거릴 곳이 침대밖에 없다는 치명적인 문제가 있었다. 표준 사이즈보다 높이가 높은 소파를 찾거나 그 반대로 높이가 낮은 테이블을 찾아야만 했다.

하지만 아무리 검색해도 없었다(지금은 가구 업체에서 리빙다이닝 테이블이라고 이런 형태의 가구를 많이 내놓고 있지만, 2016년 그 당시에는 정말 찾기 어려웠다). 높이 60cm대의 낮은 테이블을 찾긴 했는데 일본에서 직구해야 하는 제품이었고 너무 비쌌다. "어쩌지……." 난감한 마음에 계획을 바꿔야 하나 고민하고 있을 때 남편이 기가 막힌 해결책을 내놓았다. 테이블 다리를 자르면 되는 것이었다. 그렇구나! 그렇게 간단한 것을! 이제 다리를 자를 마음에 드는 테이블만 찾으면 됐다. 그런데 남편이 한마디 덧붙였다.

"근데 말이야, 새 테이블 다리를 자른다고 생각하니 좀 아깝네."

맞는 말이었다. 나는 문득 우리 집 근처에 리사이클센터가 있다는 게 떠올랐다.

"근처에 리사이클센터 있던데, 거기 가볼까."

그리고 운명처럼 우리 집 테이블을 만났다. 단돈 5만 원에. 크지도 작지도 않은 완벽한 사이즈에 은은한 원목톤은 우리 집 인테리어와 잘 어울렸다. 테이블 다리도 의외로 쉽게 자를 수 있었다. 처음에는 남편이 톱을 이용해서 잘라볼까 하다가 또 마침 리사이클센터 건물에 가구 공방이 있길래 그곳 목수 아저씨한테 가져가서 혹시 이거 잘라주는 데 얼마냐고 물어봤더니 '뭐 이런 건 그냥 잘라줄게요.' 이러면서 뚝딱 잘라줬다. 오예! 엄마는 신혼가구를 인터넷으로 사다 사다 이젠 중고로 사는 나를 신기해했다. 하지만 이 세상에 하나밖에 없는 우리 집 식탁 테이블. 매일 식탁 밑에서 사람이 밥 먹는 걸 서글픈 눈으로 지켜보던 강아지도 함께 소파에 앉아서 겸상할 수 있는, 가격도 착하고 우리 집에 딱 어울리는 식탁 테이블이 나에겐 최고다.

아무래도 살림 장만에 가장 큰돈이 드는 건 가전제품 구매다. 가전만큼은 우리나라 가전의 양대 산맥을 이루는 대기업 제품 중 하나로 살 생각이었다. 아무래도 가전은 기술력과 AS 문제도 있으니까. 하지만 이 안에서 나름 합리성을 찾으면 더 저렴하게 구매할 수 있다. 우선 냉장고. 나는 신혼살림의 전형인 양문형 냉장고를 선택하지 않았다. 사실 냉장고를 고를 때까지만 해도 내 머릿속에 냉장고는 무조건 양문형이었다. 그리고 주워들은 말은 많아서 신혼살림 장만할 때 냉장고는 무조건 큰 게 좋다는 말도 무시할 수는 없었다. 하지만 양문을 선택하지 않은 가장 큰 이유는 슬프게도…… 우리 집 문으로 양문형 냉장고가 들어갈 수 없었기 때문이었다. 오래된 아파트는 대문 폭이 좁았고 그 사이로 냉장고가 통과할 수 없다는 것이다. 베란다 창문을 빼고 넣는 방법도 있었는데 우리 집 창문으로는 그것도 불가능하다는 말을 듣고 정신이 확 들었다. 내가 굳이 양문형을 살 필요가 있을까. 그렇게 생각을 바꾸니 다른 냉장고들이 보이기 시작했다. 결과적으로 양문형을 사지 않은 건 천

만다행이었다. 어차피 우리는 둘만 살 거라 큰 냉장고가 필요 없었고 맞벌이다 보니 집에서 요리할 시간도 많지 않았다. 아무 생각 없이 남들 사는 대로 양문형을 샀으면 후회할 뻔했다. 지금도 600L 냉장고 문을 열 때마다 비어 있는 속을 보면 냉장고에게 제 역할을 다하지 못하게 했다는 미안한 마음마저 든다. 당연히 김치냉장고도 살 필요가 없었다. 집에서 저녁을 먹는 남편은 김치를 좋아하지 않고 기껏해야 주말에나 같이 밥을 해 먹는 일상이니 김치 먹을 일이 별로 없었다. 처음에는 부모님 댁에서 김치통을 몇 번 받아오긴 했는데 다 먹지 못하기 일쑤였다. 가끔 김치가 땡기는 날에는 마트에서 작은 포장을 사는 게 더 합리적이었다.

에어컨도 벽걸이 에어컨을 설치했다. 사실 이 에어컨은 우리보다는 강아지 라니를 위해 샀다. 체온이 높고 털이 많은 멍멍이에게 여름은 힘든 계절이다. 특히 라니는 여름마다 지병이 심해지는 바람에 일정한 컨디션을 유지해주기 위해 집 안 온도를 항상 26도로 유지하며 여름을 나고 있다. 어쨌든 멍멍이 덕분에 시원한 집에 살게 됐으니 역시 강아지는 여러모로 소중한 존재다.

에어컨을 알아보면서 우리에게는 큰 에어컨이 필요 없다는 걸 깨닫게 됐다. 오래된 18평 아파트 거실 한쪽 모퉁이에 에어컨을 세워 둘 자리도 없었고 둘이 사는데 모든 방이 냉방될 필요도 없었다. 물론 나도 나중에 새 아파트에 살게 되면 천정에 시스템 에어컨이 되는 집에 살고 싶다(근데 그때도 냉장고 사이즈는 안 늘릴 거 같긴 하다). 하지만 지금의 에어컨이 우리의 생활공간과 방식에 딱 들어맞기 때문에 만족하며 살고 있다.

•

큰돈이 들었지만 정말 잘 샀다고 생각하는 가전은 바로 빨래건조기다. 건조기가 살림 필수품은 아니라는 생각에 처음부터 들여놓진 않았다. 빨래 담당인 남편은 드레스룸 한가운데 빨래건조대를 세워놓고 빨래를 말렸다. 여름 장마철이 되면 그 방에 제습기를 틀어놓고 방문을 닫아 건조하곤 했다. 하지만 종일 제습기를 돌려도 빨래가 잘 마르지 않는다며 남편이 힘들어했다. 대학생 때 어학연수 차 살았던 캐나다에서 가스건조기를 써본 나는 건조기가 얼마나 혁명적인 물건인지 이미 알고 있었다. 다만 베란다에 놓을 공간이 없었고 제조사의 기사님이 방문해서 이 아파트는 구조상 설치할 수 없다고 해서 못 사고 있었을 뿐이다. 그런데 굳이 가스 건조기를 고집할 필요가 없었다. 전기건조기를 사면 베란다가 아닌 방에 설치할 수 있다는 걸 알고(물론 방 안에 세탁기같이 생긴 게 떡하니 존재한다는 게 가끔 어색하고, 건조기를 돌릴 때마다 물통을 비워야 하는 수고를 해야 한다) 바로 질렀다. 전기건조기는 살림 노동의 질을 확 올려줬다. 날씨와 상관없이 언제든 빨래를 할 수 있는 데다 빨래의 전 과정이 하루 만에 끝나기 때문에 빨래 노동에 대한 정신적인 피로감이 확 줄어들었다. 빨래건조기에 눈을 뜬 남편은 지금 식기세척기도 노리고 있다. 하지만 설거지는 내 담당이고 내가 멍 때리면서 하는 좋아하는 일이라 당분간은 보류다.

결혼 전까지 내가 구매하는 물건의 범위는 나와 내 방에서 벗어나지 않는 소소한 것들이었다. 하지만 내 집이라는 공간을 갖게 되면서 사야 하는 것의 범위가 엄청나게 확장됐다. 인생 최대의 소비를 하나하나 해치우면서 내 소비 성향을 확실히 알게 됐다.

"우리는 2인 가족이니까, 티스푼 4개가 정답이야."

'4'의 덫에 갇힌 남편은 결국 1년을 버티다가 나 몰래 티스푼을 더 사놓고는 마치 처음부터 거기에 있었던 물건인 것처럼 몰래 수저통에 꽂아놓았다. 나중에 티스푼이 많아진 걸 발견한 나는 어떻게 나 몰래 살 수 있냐고 나름 타박을 했지만 나보다 남편이 집안일을 더 많이 하니 일단 참기로 했다. 오죽했으면 몰래 샀을까 싶었지만 그래도 내가 틀렸다고는 생각하지 않았다. 그래서 이 글을 쓰는 지금, 다시 적정 티스푼 수량에 관해 묻는다.

"여보, 그래서 티스푼 8개 다 쓰고 있어?"

"응, 당연하지."

"거짓말. 어떻게 둘이서 하루에 8개를 다 써."

"당신이 간과한 게 있었어. 우리는 2인 1견 가족이야."

"헉!"

드디어 남편은 '2인 가족 4개 티스푼'의 덫에서 벗어날 방법을 찾은 것이다. 라니는 매일 하루 2번 약을 먹어야 했고, 약을 딸기잼에 섞어주기 때문에 그때마다 티스푼이 필요했다. 설거지 안 하는 것까지 대비해서 8개를 가지고 있어야 한다는 그의 주장이 갑자기 설득력을 얻게 돼버렸다.

그래, 1견이 티스푼을 쓴다는 걸 잊은 내가 잘못이다. 내가 틀린 것을 인정하면서 결국 이 난제는 합의점을 찾았고 뒤늦게 이 집에 들어온 티스푼들은 이제 당당한 살림살이로 자리를 잡게 되었다. 사실 이 적당한 살림이란 게 이렇게 뭐가 필요하고 필요 없고 등등을 따져가면서 함께 만들어낸 결과물 아닌가. 작은 티스푼 하나 하나에도 이야기가 실리는 이 삶이 참 즐겁다.

작은 집
수납 전쟁

나의 살림 철학은 감추기다. 깨끗하게 정돈된 집의 필수 조건은 물건이 어딘가에 들어가 있어 보이지 않아야 한다는 것이다. 반면 남편은 물건이 눈앞에 보여야 안심하는 사람이다. 특히 음식 같은 경우는 눈앞에 보여야지만 썩히지 않고 먹을 수 있다고 생각해 빵이나 주전부리를 아일랜드 식탁 위에 늘어놓는다. 아이러니한 게 나는 감추기만 하면 장땡이라 그 안이 카오스가 되든 말든 늘어놓는 사람이라면, 남편은 서랍장 안을 수납바구니로 딱딱 각 맞춰 정리해놓고 그 각을 보면서 하악거리면서 좋아하는 사람이다. 도대체 우리 둘 중 누가 더 정리정돈을 잘하는 사람인가.

우리의 싸움터는 우리가 가장 많은 시간을 보내는 거실 겸 주방이고, 최대 접전지는 그 경계에 있는 아일랜드 식탁이다. 수납장 겸 조리대로 이용하고 있는 이 아일랜드 식탁에 아무것도 올려놓지 않았을 때 주방 전체가 깔끔하게 완성되는 기분이다. 사실 그 위에 아무것도 올려놓지 않는 일은 정말 어렵다. 그 안에 전기밥솥, 전기오븐이 들어 있었고, 그 위에는 전기주전자, 가습기 같은 것을 올려놓고 살고 있었다. 게다가 많은 전기제품의 코드를 꽂는 멀티탭이 떡하니 식탁 위에 나와 있었다. 하지만 냄비 밥을 지어 먹게 되면서 안 쓰게 된 전기밥솥을 다른 사람에게 주고, 전자레인지 겸 오븐 복합기를 사고 오래된 오븐을 갖다 버리면서 살림이 다소 정리가 되었다. 결국 아일랜드 식탁에서 매일 쓰는 전기제품은 새로 들어온 커피머신과 가습기 딱 두 개였고, 그 정도는 콘센트에 바로 꽂아 사용할 수 있어서 아일랜드 식탁 위로 올라와 있던 멀티탭을 치워버릴 수 있었다. 그 못난 것이 치워졌을 때 쾌감은 이루 말할 수 없었다. 드디어 예쁜 아일랜드 장이 빛을 발하는 거 같았다.

하지만 남편이 그 위에 빵, 바나나, 과자, 귤 같은 온갖 주전부리를 올려놓는 것까지는 막을 수가 없었다. 그런 걸 수납하라고 예쁜 통을 샀는데, 크기가 모호해 결국 수납장으로 들어가버려 무용지물이 되었다. 한번은 내가 아일랜드 식탁 안쪽에 넣은 채 잊어버린 음식물에 곰팡이가 피는 바람에 음식물만큼은 올려놔야 한다고 남편이 강력하게 주장해서 결국 양보하고 말았다. 대신에 한 번에 많이 꺼내놓지 않는 방향으로 살고 있지만 볼 때마다 안으로 넣고 싶은 건 어쩔 수 없다.

아일랜드 식탁을 붙여놓은 벽에는 수납걸이가 있다. 수납걸이 상단은 작은 물건들을 올려놓는 선반이고 그 아래에는 키친타월과 두루마리 휴지를 안 보이게 걸을 수 있는 걸개가 있다. 내가 이 물건을 산 유일한 이유는 휴지들을 안 보이게 걸 수 있기 때문이었다. 하지만 남편은 휴지들의 끄트머리가 길게 빠지게 내버려둔다. 대롱대롱 길게 매달린 휴지는 입 밖으로 나온 혓바닥처럼 나를 메롱메롱 놀리고 있는 것 같았다. 네가 아무리 안 예쁜 건 감추려 해도 '어쩔 수 없어, 포기해' 이러는 것만 같아 볼 때마다 위로 돌돌 말아서 감춰버렸다. 결국 남편이 위생상의 문제를 들면서 키친타월의 자유를 주장했다.

"내가 보통 키친타월을 쓸 땐 손이 젖어 있는 상태란

말이야. 키친타월의 끝을 찾으려고 보이지 않는 휴지를 젖은 손으로 더듬더듬 찾으면 타월이 다 젖게 돼."

이 주장엔 더는 방어할 대답이 없었다. 깔끔하고 예쁜 주방에 집착하는 내 마음이 문제일지도 몰랐다. 그래도 남편은 내 마음을 달래주기 위해 보기 싫게 길게 내려오는 게 싫은 거라면 탁 한 칸만 내려오게 내놓는 정도로 살아보겠다고 타협안을 내놔주었다.

이런 우리 둘의 티격태격은 얼마 전 남편이 비상식량을 사 오면서 화룡점정을 이뤘다. 코로나19 전염병이 심각해지면서 이 사태가 장기전이 될지도 모른다는 생각에 남편이 마트에서 햇반, 컵반, 컵라면, 통조림 같은 비상식량을 좀 사 왔다. 그런데 문제는 더는 수납공간이 없는 집에 불필요한 물건이 들어왔다는 것이다. 넣을 곳을 찾지 못한 남편은 그것들을 작은 방 5단짜리 선반 위에 잔뜩 쌓아놓았다. 그렇지 않아도 그 방은 남편의 실내 자전거가 들어온 후 다닐 수 있는 공간이 좁아졌고 남편이 야금야금 잡동사니를 갖다놓으면서 점점 창고가 되어가고 있었다. 그날 들어온 비상식량은 이 방이 창고라는 것을 여실히 증명하고 있었다. 저녁에 퇴근하고 들어와 그 모양새를 보니 일단 한숨이 나왔다. 벽에 파란 페인트를 바르고 찬넬 선반까지 달아 공들여 꾸민 예쁜 방이 이렇게 망가지는 것을 보고만 있을 수는 없었다. 그날 당장은 어떻게 할 수 없어 일단 참았고 주말을 기다려 일을 도모했다. 일단 방을 창고로 만든 원흉인 실내 자전거를 인터넷 중고 사이트에 올려 당일에 팔아치웠다. 온갖 물건을 올려놓아 난장판이 된 책상 위를 정리했다. 5단 서랍장을 열어 버려야 할 물건들을 찾아냈다. 언젠가 어딘가에 꼭 쓸 데가 있을지도 모른다며 물건을 버리지 못하고 끌어안고 사는 남편이 서랍장 여기저기에 모아둔 플라스틱 박스들을 버리니 서랍장 한 단이 비었다. 그곳에 그 비상식량들을 넣어버리고…… 내 마음에 평화를 찾았다.

이렇게만 보면 내가 무척 깔끔함을 추구하는 것 같지만 사실 나는 깨끗함과 더러움 둘 중 하나로 범주화해야 한다면 더러움 쪽에 가까운 스타일이다. 그 살아 있는 예가 내 옷장이다. 나의 나쁜 습관 중 하나는 퇴근하고 들어와 옷을 갈아입으면서 옷장 안에 옷을 그냥 던져놓고 잊어버린다는 것이다. 그리고 다음 날 아침 또 허둥지둥 새 옷을 입고 나가 저녁이면 옷 위에 또 옷을 던져놓아 무덤을 만들어버리는 고약한 습관이다. 쌓다 쌓다 더는 쌓을 수 없는 주말이 되면 그제야 차곡차곡 옷을 걸거나 빨래통에 넣는다. 나쁜 습관인 걸 알면서도 못 고치는 이유는 여러 가지다. 옷장 행거가 너무 높아 내 키가 잘 안 닿기도 하고, 내 몸은 너무 피곤하고, 그걸 정리하고 있기에 나는 게으르고, 옷장 문은 닫으면 어쨌든 깔끔하게 보이니 등등. 남편은 내게 옷 좀 걸라고 잔소리를 해댔지만 결국 고치지 못하는 아내의 습관을 포기하고 그곳을 보지 않기로 한 것 같다.

어쩌면 이 생활 방식의 차이는 우리의 성격을 반영하는 걸까. 나는 겉으론 단순하고 멀쩡해 보여도 내면이 복잡하고 예민하고 정리되지 않은 카오스 같은 사람. 사람들과의 관계에 문제가 생겨도 일단 그 문제를 덮어놓고 좀 기다렸다가 정리하는 스타일이다. 하지만 남편은 자기 감정을 숨기지 못하고 솔직하게 드러내는 사람. 문제가 있다면 즉시 따져서 해결해야 하니 스마트폰의 각종 민원앱을 활용해 바로바로 신고하는 사람이다. 또 서랍장 안을 수납 아이템들을 이용해 세상 깔끔하게 정리해놓은 것처럼 사고도 명쾌하고 논리적이다. 이렇게 다른 사람들이 부부라는 이름으로 한 집에서 엉켜 살고 있다. 서로 이해할 수 없는 생활방식이 만나면서 결국 타협, 수용, 포기의 과정을 거칠 수밖에 없다.

이렇게 다른 우리가 싸우지 않는 비결은 자신의 방식만이 옳다고 주장하지 않아서다. 상대방의 삶의 방식을 존중하고 때론 활용할 줄도 아는 게 현명하게 사는 것 아닐까. 내가 아일랜드 장에 집착하면서 최대한 적게 내놓을 궁리를 하고 있을 때 남편은 누가 하라고 시키지도 않았는데 매주 화장실 청소를 꼼꼼하게 한다. 남편이 집 안의 쓰레기통을 비우고 새 비닐봉지로 갈아놓으면 나는 그 비닐봉지가 뚜껑 밖으로 보기 싫게 새어 나오지 않게 안으로 잘 말아 넣는다. 내가 현관 신발들을 작은 신발장에 꾸역꾸역 넣고 남은 신발들을 신발장 앞에 일렬로 줄 세울 때, 냉장고 옆면에 붙은 배달 업체 홍보물을 떼어 한데 모아 집게로 집어 장 속에 넣어버리면서 집이 깨끗해졌다고 뿌듯해하고 있을 때, 집 청소를 거의 도맡아 하는 남편은 그런 나를 보며 무슨 생각이 들까. 그래도 한 사람이 보이는 곳을 치우고 나머지 사람이 보이지 않는 곳을 치우고, 한 사람이 물건을 끌어

안고 살면 나머지 사람이 그 물건을 내다 버리면서, 그러면서 우리 살림살이는 그나마 균형과 모양새를 갖춰 가는 게 아닐까. 그래서 오늘도 아일랜드 식탁 위에 식빵을 올려놓는 남편을 탓하지 않기로 했다. 그나마 저것 하나만 올려놔서 다행이지 않은가. 오늘도 남편은 내 옷장을 보고 어쩌면 조용히 한숨 쉬고 옷장 문을 닫아 줬을지도 모를 일 아닌가.

남편이 얼마 버는지 모릅니다

얼마 전 송년 모임에서 동기 녀석에게 청첩장을 받았다. 모임의 사람들은 그의 결혼 이야기를 안주 삼아 이것저것 물어봤다. 그러다 그 녀석이 이런 말을 꺼냈다.

"월급은 아내한테 다 갖다주고 용돈 받아 쓸 거야!"

이런 착해 빠진 녀석, 요즘 애들 같지 않다, 벌써부터 마누라한테 꽉 잡혀 산다, 그래도 남자는 비상금은 필요하다 등등 새신랑의 벅찬 포부에 끼어든 갖은 참견과 오지랖은 결국 하나의 전제를 깔고 있었다.

"경제권은 자유다."

같은 동네에 살아서 가끔 나에게 카풀 서비스를 베풀어주시는 회사 선배님이 있다. 그분 역시 월급을 고스란히 아내에게 주고 자신은 용돈을 받아 쓰며 자식 셋을 키우고 있었다. 하지만 그러기를 10년째, 어느 순간 더는 이렇게 못 살겠다고 항거해 월급 통장과 수당 통장을 분리하는 자유를 쟁취했다. 수당 통장이 온전히 자신만의 통장이 됐을 때, 그는 이렇게 말했단다.

"이제 정말 숨통이 트인다!"

우리 부부는 그런 면에서 자유로운 사람들이다. 각자 벌어 각자 쓰기 때문이다. 내 월급이야 공무원 월급이라 완전 유리 지갑이지만 프리랜서로 일하는 남편의 수입은 들쑥날쑥하니 정확히 알 수가 없다. 그래서 서로의 지갑에 터치하지 않고 한 지붕 두 지갑 살림살이를 하고 있다.

과거 우리 부모님 세대는 남편은 돈을 벌어 와서 아내에게 맡기고, 아내는 그 돈으로 알뜰살뜰 살림하는 게 일반적이었다. 요즘 같은 맞벌이 시대엔 많은 재테크 책에서 결혼의 완성은 부부의 통장을 합칠 때라고 입 모아 말한다. 그래야 합리적인 지출 관리가 가능해서 재테크를 제대로 하려면 통장 결혼이 먼저라고 말이다. 하지만 둘 다 월급쟁이가 아닌 이상 수입이 들쑥날쑥한 집은 계획적인 돈 관리가 어렵기 마련. 그래서 우리는 각자 벌어들이는 돈에서 일정 부분을 떼어내 적금을 들고 시드머니를 마련한 다음 투자를 하겠다는 계획 아래 자연스럽게 따로 지갑 관리를 하게 됐다.

그러니까 우리가 계획도 없이 각자 벌어 펑펑 쓰면서 막 사는 건 아니라는 거다(그렇게 펑펑 쓸 돈도 없다). 공동의 목표를 위해 일정 부분 통제는 있으나 나머지 부분은 자유롭게 쓰자는 거다. 그 자유로운 영역에서도 큰 지출이다 싶으면 예의상(?) 서로에게 알려준다. 나 같은 경우는 『한국 근현대사』 20권짜리 전집을 중고로 사기 전에 남편에게 미리 알려줬다(게다가 공간을 많이 차지하니 양해를 구해야 했다). 심리적 마지노선은 대략 20만 원 이상일 때지만 옷이나 화장품을 살 때는 굳이 알리지 않는다. 그런 걸 한 번에 20만 원 이상 사본 적도 없을 뿐더러 이 옷과 저 옷의 차이를 알지 못하는 남편에게 굳이 설명할 필요가 없어 보였다.

알고 보면 우리같이 한 지붕 두 지갑인 집들은 생각보다 꽤 많다. 전에 일하던 팀에는 신혼부부가 나 포함 셋이었는데 모두 각자 돈 관리를 했다. 내 옆자리 직원은 주말 부부였는데 남편이 생활비에 쓰라고 일정 부분 돈을 떼어주는 모양이다. 하지만 자기 월급으로 살림살이가 가능해서 남편이 주는 돈은 고스란히 저금하고 있다고. 내 앞자리 남자 직원은 사내 커플인데 결혼 3년 차로 아직도 통장을 합치지 않고 각자 관리하고 있었다. 그래서인지 팀 내에서도 씀씀이가 커 인기가 많았다. 우리 팀장님은 이런 이야기를 듣고는 요즘 애들이란, 이러면서 혀를 끌끌 찼지만 서울대에 들어간 똑소리 나는 대학생 아들이 벌써 무조건 맞벌이하는 여자를 만날 거라면서, 내가 벌어오는 돈을 아내가 다 쓰는 건 억울한 일이라고 말했다면서 요새 것들은 다 이러냐고 반문해 왔다.

이러니 내가 의도한 게 아닌데, 이 분야에서는 제법 트렌디한 사람이 되어버린 셈이다. 때로는 이렇게 돈 관리를 하는 게 맞는지 의심이 들고 불안하기도 하다. 이렇게 해서 과연 집 한 채 제대로 살 수 있을지. 매달 받는 대출 금리 안내 문자는 언제쯤 안 받을 수 있을지. 하지만 우리 둘 다 계속 일을 할 테니 지속적인 수입은 있을 것이고 불필요한 과소비나 겉치레에 관심이 없고 가성비를 사랑하니 어쨌든 둘이 사는 데 큰 문제는 없지 않을까 하고 애써 위로해볼 뿐이다. 혹시나 모를 큰 일을 대비해 무리하지 않는 범위에서 보험과 적금을 들고, 돈 굴리기를 반복하면 언젠가 대출금을 갚을 수 있지 않을까. 때로는 내가 너무 가난한 거 같아 비참하다가도 때로는 핑크빛 미래를 꿈꾸는, 냉탕과 온탕을 반복하며 지내고 있다.

앞서 소개했던 수당 통장을 쟁취했던 선배님이 어느 날 차 안에서 슬며시 속내를 털어놨다.

"남자란 결국 처자식을 먹여 살리기 위해 매여 있을 수밖에 없는 존재지."

그는 정년퇴직하고 퇴직금을 받아 자신의 로망인 할리 데이비슨 모터사이클을 사고 싶었지만, 그때 되면 너무 나이가 들어 그건 위험할 거 같으니 캠핑카를 사서 자유롭게 돌아다니는 게 꿈이라고 한다. 두 가지 생각이 들었다. 과연 그 퇴직금을 (아내에게 뺏기지 않고) 온전히 자신을 위해 쓸 수 있을까. 그리고 내 남편은 남자의 인생을 무엇이라고 말할까.

남편의 대답도 같았다. "남자의 인생이란 처자식을 먹여 살리는 게 맞지." 하긴 처자식을 먹여 살리는 건 원시시대부터 수렵을 도맡았던 남자의 유전자에 뿌리 깊게 각인된 숙명일지도 모른다. 다만 나는 내 남편이 이 먹여 살림의 숙명으로 인해 숨통이 조이지 않았으면 좋겠다. 아니, 어쩌면 내가 '내 돈은 내 돈, 남편 돈도 내 돈'을 주장하지 않고 통장을 합치지 않는 건 사실은 내가 자유로워지고 싶어서일지도 모르겠다. 남편을 구속하고 있지 않다는 느낌은 나 역시 그에게서 자유롭다는 기분이 들기 때문이다.

아무튼 지금 디딤돌대출이 가능한 만큼 부부 합산 소득이 적은 게 불행인지 다행인지 모르겠다. 그만큼 지금 우리의 살림살이는 쌓았다가 무너지는 모래성만큼 불안하기 짝이 없다. 하지만 한 직장에 매여 있는 나보다 언제든지 반전의 기회가 있는 남편이 우리 집을 일으켜 세울 거라 믿으며 버텨보련다. 요새 힘들다면서 그래도 내 크리스마스 선물을 챙겨준 남편. 내가 그림을 배우고 싶어 한다는 걸 알고 드로잉 태블릿을 챙겨줬다. 팍팍한 살림살이에도 아내의 발전을 응원해주는 그 마음 씀씀이가 그저 고마울 따름이다. 그래, 모래성의 한쪽이 무너지면 다시 흙을 쌓아 올리면서 우리 '존버(존중하며 버티기)' 해보자.

우리가 꿈꾸는 돈지랄

우리 부부는 대체로 소박한 편이다. 둘 다 크게 물욕이 없다. 하긴 허구한 날 깨달음이니 전생이니 이런 이야기를 화제로 삼는 것들이 무슨 대단한 소유욕을 지녔겠는가. 그래도 회사 다니면서 다른 사람의 시선을 어느 정도 의식해, 이른바 소셜 포지션을 염려해 정기적으로 옷과 화장품을 사는 나와 달리, 남편은 청빈한 구도승마냥 생필품 외에는 거의 소비를 하지 않는 사람이다. 『소유냐 존재냐』를 쓴 에리히 프롬이 말한 "소유하려고 갈망하기보다는 즐겁게 자신의 재능을 생산적으로 사용하며 세계와 하나가 되도록 살아가는 것"을 몸소 실천하고 있는 사람이 바로 우리 남편이다. 그는 소비를 통해 자신을 표현하고 증명하는 자본주의적 자존감과는 거리가 먼 사람. 아마 그에게 자신의 존재를 증명할 무언가를 해보라고 하면 주문하기를 클릭하기보다는 손으로 뚝딱뚝딱 무언가를 만들 것이다.

"오빠, 그래도 슈퍼카는 갖고 싶지 않아? 그건 세상 모든 남자의 로망 아니야?"

"그렇지만 아무리 새 차라도 결국 헌 차가 되게 마련이라…… 그리고 내가 그 차를 끌고 어디를 나가겠어? 그걸 끌고 마트를 갈 순 없잖아."

이런 남편을 두어서 좋냐고 묻는다면 쓸데없는 데 돈 쓰는 남편보다야 훨씬 낫다고 말할 수 있겠다. 하지만 너무 물욕이 없다 보니 생기는 문제가 하나 있는데 바로 생일 선물을 사줘야 할 때다. 갖고 싶은 게 없으니 대체 뭘 사줘야 할지 모르겠다. 몇 년 전에는 생각하다 생각하다 지친 내가 큰 거래를 제안했다.

"내가 곰곰이 생각해보니 지금 당신에게 정말 필요한 것은 성능 좋은 카메라야. 하지만 그걸 생일 선물로 사주기엔 너무 비싸. 대신 그 카메라를 사되, 앞으로 2년간 모든 기념일 선물을 대체하는 건 어때?"

그러니까 카메라 하나로 2년간 나는 그의 생일, 밸런

타인데이, 크리스마스 등 모든 기념일 선물을 고르는 일에서 해방될 수 있는 묘안이었다. 그 역시 정말 필요하지만 비싸서 감히 살 엄두도 나지 않았던 물건을 가질 수 있었으니 서로 윈윈이었다. 몇 년간의 기념일 선물을 몰아주는 이 방법으로 근근이 그의 생일을 방어하고 있는 게 고민이라면 고민이니 행복한 고민인가.

또 하나의 문제는 남편과 비교해 상대적으로 내가 과소비하는 것처럼 보인다는 것이다. 최근에 남편이 다이어트를 하겠다며 선택한 운동은 공공 자전거 따릉이 타기다. 그는 운동할 시간을 따로 빼는 것을 아까워했다. 그러면서 따릉이야말로 출퇴근하면서 운동도 겸할 수 있으니 얼마나 좋냐면서 만족하고 있지만, 역시나 가장 흡족한 포인트는 가성비였다. 연간 정기회원권 3만 원이면 1년 치 운동 비용이 해결된다. 그에 비해 최근 내가 수강하는 1:1 필라테스는 수업 한 번에 8만 원이다. 한 집안에 이런 극심한 빈부격차, 어쩔 거냐!

남편에게 운동이란 하기 싫지만 건강을 위해 어쩔 수 없이 하는 거였고, 최소한 운동을 안 하고 있다는 느낌적인 느낌으로 운동하기 위해서 따릉이를 선택한 것이었다. 하지만 나에게 운동이란 단조로운 일상에 활력을 더하는 힐링 타임이면서 내 몸에 대해 알 수 있는 소중한 경험이다. 나는 꾸준히 요가원을 다니다가 최근엔 집에서 수련을 하는 중이었다. 하지만 몸이 부실하면 원래 돈이 많이 드는 법이라고, 타고난 척추측만과 골반 틀어짐 때문에 혼자 하는 운동에는 한계가 있어 마음 한편에 개인 레슨을 받아보고 싶다는 생각을 계속하고 있었다. 그러다 직장 앞에 생긴 필라테스 학원이 눈에 들어왔다. 처음엔 요가와 비슷할 거 같아 가벼운 마음으로 상담을 받았는데 요가랑 완전 다른 운동이었다. 요가는 몸의 전체적인 균형과 밸런스, 흐름을 생각한다면 필라테스는 코어 근육과 몸 하나하나를 분절하는 것에 초점을 맞췄다. 생각보다 수업료가 비쌌지만 그 정도는 내 경험치 확장을 위해서 낼 만한 가치가 있다고 생각했다. 그러니까 나는 경험에 돈을 쓰는 데는 과감한 사람인 것이다.

투자. 돈을 들여서 이익금을 내는 일. 투자의 귀재라면 주식이나 부동산 투자의 귀재가 떠오른다. 하지만 나는 내 경험에 대한 투자만큼은 전문가라 할 수 있다. 내 경험에 아낌없이 투자하는 것, 이게 내가 꿈꾸는 돈지랄이다. 그것이 다 내 재능이 되면서 언젠가 쓸모와 수익이 되는 경험을 했기 때문이다.

오래전 영어 레벨업에 심취해 있을 때 통번역 학원을 등록했다. 당장 통번역 대학원을 다닐 여력은 안 됐지만 이미 토플, 어학연수 등 여러 가지 방법으로 영어 학습을 해봤고 통번역이야말로 최종 보스 같은 느낌이었다. 게임을 했으면 마지막 판을 깨봐야 하지 않은가. 그런 마음으로 다닌 학원은 지금까지 다녔던 학원 중에서 가장 쪽팔렸던 경험을 내게 선사했다. 처음 입문반은 가만히 앉아서 다양한 콘텐츠를 접하는 수동적인 수업이어서 마음 편히 다녔다. 그런데 레벨 테스트를 통과해서 중급반에 들어가니 질문과 발표로 진행되는 굉장히 능동적인 수업 방식을 보고 좀 쫄았다. 그곳엔 이 세상 영어 능력자를 다 모아놓은 것 같았다. 저렇게 거침없이 말을 잘하면서 왜 굳이 학원을 다니나 싶게 말이다. 선생님이 예고도 없이 퀴즈를 내면 쏼라쏼라 영어로 말했다 한국말로 번역했다 하는 일도 버거운데 영어 단어와 문장 수준도 이전과 차원이 다른 레벨이어서 수업 들어가는 게 무서울 지경이었다. 제발 오늘은 날 시키지 않았으면 좋겠다고 생각하며 쭈그러져 있다가도 아주 가끔 내가 이런 영어 표현을 생각해내다니 하면서 혼자 잠깐 감탄하다가 또 다른 학생의 유창한 발표에 기죽기 일쑤였다. 속으로 울면서 계속 다니고 쪽팔리고 또 복습하고를 반복했다. 혹자는 대학원 입시를 준비할 것도 아니면서 뭐 하러 그런 데 시간과 돈을 쓰냐고 할 수도 있겠지만 이때의 경험은 전혀 헛되지 않았다. 이런 투자가 있었기 때문에 최소한 내 인생에서 영어가 발목을 잡진 않았기 때문이다. 그로부터 몇 년 후 보통 몇 년은 걸린다는 공무원 시험 준비를 6개월 만에 끝낼 수 있었던 것은 그때의 영어 공부 덕분이었다. 내가 어렸을 때와 달리 요새는 영어 공부를 하려면 유튜브 등 무료 소스가 엄청나게 많아졌다. 그러니 관심 분야에 돈과 시간을 들이는 것을 아까워하지 말길 바란다. 언젠가 꼭 기회가 찾아온다.

쓸데없어 보이지만 최근에는 보컬 트레이닝이랑 피아노 교습도 다녔다. 처음엔 우리 동네에서 〈전국노래자랑〉 예심을 한다길래 나도 나가보고 싶다고 남편에게 말했다. 그는 나를 너무 간절하게 말렸다. 물론 내가 아이유처럼 삼단 고음을 오가는 엄청난 가창력을 가진 건 아니지만 그렇다고 아예 음치도 아닌데, 나를 너무 뜯어 말리니까 괜히 오기가 났다. 그래서 직장 근처 보컬 트레이닝 학원에 등록했다. 남편에게는 〈전국노래자랑〉을 대비해 연습해야 한다면서 다녔지만 사실 내 노래 실력을 인정받고 싶었던 마음이 더 컸던 것 같다. 왜냐면 학원에서 내가 듣고 싶었던 말은 사실 "와, 노래 잘하시네요." 이런 말이었기 때문이다. 하지만 내 기대는 무참하게 깨지고 오히려 참된 자아비판의 시간을 가져야만 했다. 그렇다. 오히려 학원에 다니면서 내가 그렇게 노래를 잘하는 편이 아니라는 사실을 인정해야 했다. 남편이 왜 그렇게 말렸는지도 알 것 같았다. 발성부터 고음 처리까지 고칠 것투성이였다.

어디서 노래를 배워본 적은 없지만 항상 노래를 입에 달고 살았다. 샤워할 때도, 운전할 때도, 혼자 산책할 때도, 퇴근하고 집에 돌아와 강아지를 상봉할 때도, 심지어 부도난 공장에서 부모님이 짐 정리를 하고 있을 때도 어린 나는 그 짐 더미 속에서 노래를 불렀다고 한다. 나에게 노래가 일상이었지만 그동안 내가 부른 노래는 그냥 부른 거였고 듣기 좋은 노래를 잘 부르려면 호흡부터 다시 배워야만 한다는 것을 알았다. 이런 상황에 무슨 〈전국노래자랑〉인가. 포기했다. 그래도 그 덕에 보컬 트레이닝을 받을 수 있었으니 나름의 수확이었다. 수업 포인트는 간단했다. 너무 잘하려고 하지 마라. 청중이 듣기에도 편한 노래를 부르면 된다. 그러기 위해선 노래를 부를 때 내 호흡부터 편해야 한다. 역시나 배운 건 언제 어떻게든 쓰이기 마련이다. 연말에 우리 부서장님 퇴임식 때 축하곡을 부를 기회가 생겼는데 그때 배운 걸 잘 써먹었다.

보컬 학원을 다니다 보니 피아노도 재미있어 보여서 얼떨결에 같이 배웠는데 맛만 보고 더 이어가진 못했다. 연습해 가지 않으면 레슨이 의미가 없었기 때문이다. 본격적으로 배우려면 집에 입문용 전자피아노라도 들여놓고 학원에 다녀야 할 거 같았다. 하지만 그 재미를 맛봤으니 언젠가 피아노를 다시 시작할 거 같다. 한번 발을 들여놔봤기 때문에 그 일을 다시 시작할 때 더 과감해질 수 있을 것 같다. 그래서 내 퇴임식 때는 내가 피아노도 치고 노래도 부르고 춤도 출 거라고 말하니 우리 남편은 제발 그러지 말라며 또 괴로워했다. 남편은 무대 체질인 마누라가 무척 버겁나 보다.

더더욱 쓸데없어 보일 수도 있지만 요새는 그림을 배운다. 아크릴물감을 이용해 캔버스에 그리는 진짜 그림 말이다. 원래 끼적거리는 걸 좋아하긴 했지만 낙서 수준이었지 작품이라 불릴 수 없었다. 나는 이전까지 세상과 소통하는 수단으로 언어 이외 다른 걸 생각해본 적이 없는 활자 지향적 인간이었다. 물론 언어는 가장 강력한 소통 수단임이 틀림없지만, 어느 날 한 친구와 대화를 하면서 내 마음을 언어로 표현하는 데 한계를 느꼈다. 그 친구의 이야기를 계속 떠올리다가 문득 내 마음속에 아직 형태를 갖추지 못한 미완성의 이미지가 떠올랐다. 그걸 그림으로 표현하고 싶다는 강력한 욕망에 사로잡혀 다음 날 바로 미술학원에 등록했다. 그림의 기초도 배우지 못한 내가 이런 마음속 이미지를 그릴 수 있냐는 질문에 선생님은 일단 시작하면 뭐든 된다고 다독여줬다. 연필로 데생하는 법을 배우고 이제 작품을 모작하며 색을 쓰는 법을 배우고 있다. 이렇게 차근차근 그리다 보면 언젠가 그 찰나의 순간 내가 받은 영감을 캔버스에 펼쳐낼 수 있을 것이다.

그림을 배우면서 깨달았다. 내가 배우는 일에 투자하는 게 단순히 능력 있고 다재다능한 사람이 되고자 함이 아니라는 것을. 그것은 나라는 사람이 지금 느끼고 있는 감정에 충실하게 살고자 하는 사람이기 때문이었다. 지금 아니면 그 일은 할 수 없다는 걸 알기 때문이었다. 지금 이 순간 오롯이 내가 집중할 수 있는 일에 나를 던지는 것이 제대로 살아가는 방식이라는 것을 알기 때문이었다. 내 돈지랄은 내 순간을 빛나게 하는 투자였다.

이런 소비의 클라이맥스는 여행이 아닐까 싶다. 물론 책을 통한 간접경험도 있지만 자신의 세계를 넓히는 가장 효과적인 방법은 그 세계를 벗어나보는 것 아닐까. 그곳에서 새로운 것을 느낀다면 그 투자는 성공적이라 생각한다. 그리고 나는 여행을 통해 새로운 자아를 찾은 사람을 옆에서 직접 봤다. 바로 우리 남편이다.

남편과 여행 계획을 세우면서 이상하게 점점 예산이 올라갔더랬다. 안전을 지향하는 남편 때문에 퀄리티 높은 고급 숙소를 찾다 보니 가격이 올라가고, 역시나 안전 문제에 민감한 남편 때문에 저가 항공을 피하고 메이저 항공사만 찾다 보니 또 가격이 올라가고, 역시나 안전이 최우선인 남편에겐 비행기가 새벽에 떨어지는 일도 위험한 일이라 적절한 도착 시각에 초점을 맞춰 고르다 보니 올라가고…… 알고 보니 남편이 주범이었다! 물욕이 없다고 철석같이 믿었던 그의 욕구는 고급 리조트에 모두 몰려 있었다. 다음엔 비즈니스석을 타야 한다며 우리 부부의 신용카드를 항공마일리지 포인트 카드로 싹 바꾼 것도 남편이었다. 그는 여행이라는 새로운 경험을 통해서 소유에 대한 집착을 끊어낸 현재의 자신을 버리고 따뜻한 남국에서 자본주의의 향연을 즐기는 소비적 자아를 찾고 있는 게 확실하다.

"이래서 우리 나중에 집 살 수 있을까? 이렇게 돈 쓸 생각만 하는데……"

내가 이렇게 투덜투덜하면 남편의 소비적 자아는 조금 미안해하며 이렇게 말한다.

"그래? 그럼 올해 말고 다음에 갈까?"

"아냐. 그래도 한 번뿐인 여행인데 돈 아낀다고 안 가면 후회한다. 쓸 땐 써야지."

이젠 함께 돈지랄을 꿈꾼다. 우리가 꿈꾸는 돈지랄은 이런 고민 없이 떠나고 싶은 여행지에서 마음껏 결제하는 것이리라. 이런 돈지랄이라면 해볼 만하지 않을까.

내 집
마련의 꿈

이제 이 집에서 살 날도 얼마 안 남았다. 이 오래된 아파트는 재건축이 진행 중이고 적어도 1, 2년 후엔 우리도 이사를 나가야 한다. 가진 돈은 적은데 직장 근처에서 살고 싶다. 직장이 서울 한복판에 있다는 게 문제지만. 예로부터 문전옥답이란 말이 왜 나왔겠는가. 문 열고 나가면 일할 논밭, 아니 일터가 있는 게 최고인 거다. 이왕이면 라니랑 산책도 중요하니 근처에 공원도 있으면 좋겠다. 그런데 집값 전셋값은 매일 오르고 있다. 딩동. 아파트 실거래 앱의 알림이 떴다. 눈여겨보던 아파트 전세가 또 올랐다. 한숨이 나온다.

"우리 이러다가 진짜 단칸방 살아야 하는 거 아냐?"

살고 싶은 집에 대한 로망, 당연히 있다. 직장 근처에 교통이 편리한 곳은 기본. 무엇보다 남향 거실 창문으로 해가 많이 들어오는 집이면 좋겠다. 지금 우리 집은 너무 그늘져서 햇살에 한이 맺혔기 때문이다. 너무 넓지 않아도 된다. 둘이 살기에 딱 적합한 사이즈가 청소하기에도 편하다. 번화가에서 약간 떨어져 있는 조용한 동네면 좋겠다. 더 비현실적인 로망까지 가면 상상은 아파트를 넘어선다. 마당이 있는 집. 라니는 마당에서 언제든지 산책할 수 있고, 남편과 나는 장작불을 피워 주말 저녁 마음껏 불장난을 한다. 남편은 기름 튈 걱정 없이 그 불 위에서 마음껏 웍을 흔들며 지글지글하게 타오르는 기름에 음식을 볶으며 저녁 식사 준비를 한다. 하지만 이 상상은 현실에 발붙이면 아지랑이처럼 소멸한다. 지금 우리 현실에선 서울에 아주 작은 아파트 전세라도 들어가면 감지덕지다.

내 집 마련을 위해 남들 다 하는 아파트 청약에 도전했다. 직장에 들어가자마자 청약저축에 가입하고 매달 10만 원씩 넣으면서 돈을 모으기 시작했다. 돈이 모이는 동안 부동산 관련 인터넷 커뮤니티에 가서 관련 정보를 습득하고, 청약 의지를 불태우기 위해 남편과 함께 청약

강의까지 들으러 갔다. 하지만 강의를 듣고 우리 둘 다 실망했다. 부동산 청약은 그 시대 정부 정책과 방향에 좌우되기 때문에 어쩔 수 없긴 하지만, 당시 강사가 제안한 전략은 일단 신혼부부는 아이를 빨리 낳고, 되도록 많이 낳아서 가점을 올려야 한다는 것이었다.

그때 처음 알았다. 아파트 청약에서 신혼부부란 결혼한 지 5년 된, 아이가 있는 부부로 정의된다는 사실을. 지금은 또 정책이 바뀌어서 아이가 없어도 혼인신고만 했으면 신혼부부로 인정해주고 있는 모양인데, 나 때는 그랬다. 애초에 우리 부부는 그 세계에서 신혼부부 자격을 가질 수가 없었다. 이런 줄도 모르고 괜히 혼인신고만 일찍 했다. 아파트 청약에 성공해보겠다고 결혼식도 올리기 전에 부모에게 말씀도 안 드리고 번갯불에 콩 구워 먹듯이 얼른 혼인신고부터 한 건 그다음 달에 있는 장기전세 아파트에 신혼부부 자격으로 넣어보려고 한 거였는데.

우리 부부는 정말 돈이 없었기 때문에 서울에 청약 넣는 건 꿈도 못 꿨다. 당시 우리 동네에 분양가 6~7억 하는 아파트가 나왔는데 엄청나게 싸게 나온 거라고 내 직장 동료들이 빨리 넣어보라고 했을 때도 나는 7억이

나 되는 돈을 감당할 자신이 없었다. 보통 중도금, 잔금을 집단 대출 받아 낸다고 하지만 그래도 계약금 등을 감당하려면 내 수중에 최소 2억은 있어야 그 정도 분양가를 감당할 수 있다는 생각이 들었다. 하지만 사람들은 일단 되면 대박이니 무조건 넣으라는 식이었다. 대체 저들은 얼마나 현금을 가진 걸까. 그 정도의 현금 융통이 가능해서 저렇게 말하는 걸까. 갑자기 그들과 나 사이의 보이지 않는 장벽이 느껴졌다. 그만한 돈이 없는 내가 초라하게 느껴지기도 했다. 그런데 강남에 분양가 15억이 넘는 아파트에도 그런 식으로 말하는 걸 보고, 그냥 생각 없는 오지랖인가 싶어 무시하기로 했다.

그래서 내가 빚을 내서 감당할 수 있는 아파트를 3억대의 공공분양 아파트로 정하고 우리 생활권인 서울 동남권 인근의 수도권 아파트가 뜰 때마다 관심 있게 보다가 교통이나 환경 등등 엄청나게 고민하고 우리가 살 만한 집이다 싶으면 청약을 넣었다. 넣을 때마다 다 떨어졌다. 아무래도 대부분 공공분양이다 보니 가점이 중요했는데 나보다 가점이 높은 사람은 수두룩했고 아주 가끔 추첨도 있긴 했지만 그건 내 운이 아니었다.

계속 떨어지는 일에 조금씩 지칠 무렵, 아이가 없으

면 청약을 포기해야 하나 생각하고 있을 무렵, 서남부권에 꽤 괜찮은 아파트가 눈에 띄었다. 새로 생기는 신설 지하철의 역세권 공공분양. 내가 찾던 가격대. 다만 우리 생활권이 아닌 서남부권이었다. 당첨된다 해도 과연 가서 살 수 있을까. 네이버 길찾기를 기준으로 그곳에서 내 직장까지 최소 1시간 40분이 나오는 걸 보니, 거의 두 시간을 잡아야 할 것 같았다. 우리가 가서 살 게 아니면 새 아파트가 무슨 소용일까 싶었지만 그래도 소위 투자 목적으로라도 잡아야 하는 건가. 어차피 총알도 없어 서울은 꿈도 못 꾸는 마당에 이걸 우리 살림에 밑천으로 삼을 수 있지 않을까.

결국 나는 이 아파트에 예비 당첨이 됐다가 최종 당첨까지 성공했다. 하지만 역시 너무 멀어 우리가 들어가서 살 수 없어 전세를 줬다. 새 아파트 입주 전에 사전 점검이란 걸 한다. 입주 전 직접 아파트를 점검하고 시공사에 하자를 고쳐달라고 접수하는 절차이다. 아파트 현관문을 열고 들어가니 넓고 깨끗한 새 아파트에 마음이 동해 잠깐이지만 두 시간 출근길을 감수하고라도 여기서 살까를 고민했었다. 사전 점검 중간에 거실에 신문지를 깔고 앉아 점심을 먹으면서 창밖 저 멀리 보이는 수많은 아파트를 바라보면서 한탄했다. "이 아파트를 통째로 뜯어내서 우리 동네에 갖다놨으면 좋겠다." 우리 집이지만 동시에 우리 집이 아닌 그 아까운 것을 그렇게 마음에서 떠나보내야 했다. 처음으로 집주인이 됐지만 그건 진짜 우리 집이 아니었다. 우리가 살아야 우리 집이지.

서울에 오래된 작은 아파트라도 좋은데 그런 집 한 채 갖는 것도 참 힘들다. 그것마저도 비싸기 때문이다. 모두 내 집 마련의 꿈을 갖고 저마다의 힘겨운 레이스를 벌이고 있다. 사람들은 각양각색이고 서로 기준도 다르고 목표도 다르겠지만 모여서 얘기해보면 결국 최선은 주거용과 투자용을 모두 겸한 서울의 똘똘한 한 채라는 점은 비슷비슷하다. 집이 주거공간이면서 동시에 한 개인의 거의 전 재산을 투자하는 대상이다 보니 어쩔 수 없이 나타난 현상이지 않나 싶다. 집을 찾는 인간의 심리는 근본적으론 내 가족이 근심 걱정 없이 편하게 쉴 곳이겠지만 이제 거기에 투자의 가치가 더해지면서 집은 더는 단순히 살기 위한 공간만이 아니게 된 것이다. 그래서 정착하지 못하고 유목민처럼 이동해야 한다.

'어차피 유목민으로 살 거라면 굳이 서울이어야 할 필요가 있을까.'

불현듯 이런 생각이 든 건 아이가 없었기 때문에 교육 환경을 고려해 특정 지역을 고집할 필요가 없었고, 그렇게 자유롭다면 굳이 서울일 필요가 있을까, 하는 의문이 들어서였다. 내 직업이 지역 간 이동이 아예 불가능한 것도 아니다. 어렵긴 하지만 꾸준히 찾아본다면 인사 교류 희망자를 찾아 지역을 옮길 수 있다. 내가 가고 싶은 지역에서 내 쪽으로 오려는 희망자를 찾아야 하는데, 서울로 오려는 사람을 찾는 건 어렵지 않을 것 같았다. 남편은 나보다 더 자유롭다. 1인 자영업자니까 다른 지역으로 이사를 해도 그곳에서 얼마든지 다시 시작할 수 있다.

서울에 비하면 지방 집값은 정말 싸서 깜짝 놀랐다. 서울의 몇십억 단위에만 눈이 익숙해져서 지방의 한 아파트의 매매가 6.5천을 6억 5천으로 잘못 읽기도 했다. 심지어 대략 2~3억 정도의 자금이 있으면 지금 집보다 훨씬 넓은 집, 궁궐 같은 집을 살 수 있다.

엄밀히 말하면 돈이 없어서 집을 찾아 지방으로 쫓겨나가는 모양새지만, 이상하게 패배감은 들지 않았다. 사실 서울의 그 복잡함에서 벗어나고 싶기도 했다. 이곳을 벗어나면 조금 덜 경쟁하고 조금 더 단순하게 살 수 있지 않을까. 오히려 서울만 생각하고 살던 좁은 시야에서 벗어나 다른 대안이 생긴 것 같아 기뻤다.

처음에 생각했던 지역은 강원도의 K시였다. 바다와 호수를 끼고 있는 관광도시. 몇 번 놀러 가서 익숙한 동네였다. 이 이야기를 듣고 남편은 흥미로워하며 K시에 대해 이리저리 검색했다. 그러고는 흥미롭지만 곤란한 이야기를 해줬다. 그곳은 기상이변으로 꽤 유명했다. 5월에 갑작스레 30도가 넘는 열대야가 나타나거나 여름이나 겨울에 비나 눈이 순식간에 한꺼번에 내려 사람들을 곤란하게 하다가도 어느 순간에는 또 하나도 내리지 않아서 다시 곤란하게 만드는 곳이었다.

W시가 새로운 후보지로 떠올랐다. 전에 사무실 옆자리 직원이 W시에 사는 지인의 집들이 파티를 갔다 왔는데, 자기네 부부가 사는 투룸 오피스텔 전세가로 30평짜리 집을 샀다며 엄청나게 부러워했던 기억이 났다. 또 지금 사무실 후배의 친구가 그 도시에서 근무하고 있다는데, 근무환경이 너무 좋은 나머지 그 도시마저 너무 좋아져서 그곳을 떠나고 싶지 않다고 했단 말을 들었다.

이 이야기를 들은 남편은 또 바로 그 도시를 검색했다. 그는 여러모로 애매한 거리를 마음에 들어 했다. 서울에서 애매하게 가까우면서도 먼 거리, 지방 소도시의 한적함을 지니면서도 깨끗하게 조성된 신도시가 매력적으로 다가왔다.

그러고 나서 나는 그새 집 이슈를 잊었다. 아직 한참 뒤의 일이라 생각해서 그랬을지도 모르겠다. 아니면 떠나고 싶은 마음은 있었지만 당장 마음의 준비는 안 된 상태랄까. 새로운 곳으로 떠나는 일은 큰 모험이었다. 가서 살면 또 어찌어찌 적응하겠지만 아픈 강아지가 있는데 24시 병원이 잘 구축된 서울을 떠나는 게 과연 맞는 일인가 걱정스럽기도 했고…… 이런저런 고민을 하다가 뭐 어떻게든 되겠지 하는 마음으로 잠시 잊고 있었다.

그런데 남편은 달랐다. 어느 날 저녁 퇴근하고 들어온 나를 붙잡고 신나게 이야기를 시작했다. 우리가 그 도시의 B동에서 산다고 가정하고 내가 만약 가장 먼 면사무소로 발령을 받는다고 쳤을 때 출퇴근하는 데 차로 몇 분 걸릴지를 다 계산해봤다는 것이다. 교통이 복잡하지 않은 지역이라 30~40분 내로 가능하다며 그 도시에서 살면서 실제 생길 문제 하나가 줄었다는 데에 기뻐했다.

헙! 나는 그냥 미끼를 던졌을 뿐인데 그는 벌써 이렇게 구체적인 계획까지 생각해본 건가. 다른 지역으로 이사를 하는 일에 갑자기 현실감이 생겼다.

침대에 누워 잠들기 전, 남편과 도란도란 이야기를 나눈다. 남편이 말한다.

"나 요새 다시 한번 롯데월드가 가보고 싶어졌어."

"왜 갑자기?"

"꿈과 희망, 모험과 신비의 세계잖아. 어렸을 때 그곳에서 놀면서, 물론 진짜 모험이 아닌 걸 알지만, 모험을 떠난 것 같은 기분이 들었거든. 그 감정의 파편이 그리워서."

"근데 난 놀이기구 잘 못 타는데…… 자이로드롭은 절대 못 타. 그래도 롤러코스터까지는 같이 타줄 수 있어. 물론 타는 내내 너무 무서워서 눈도 못 뜨고 비명조차 지르지 못하겠지만…… 당신이 타자고 하면……."

"근데 거기도 테마가 많이 망가진 모양이야. 새로운 어트랙션이 들어오면서 말이지. 놀이기구를 타기보단 어린 시절 그 감정을 다시 느끼고 싶은 거야."

"그렇구나."

"근데 말이야, 당신은 왜 넓은 집에서 살고 싶어?"

"우리는 집돌이 집순이니까, 방 하나는 홈트 방 하고, 부부 각자 자기 방 하나씩 갖고, 기왕 이렇게 된 거 우리 라니도 침대 좋아하니까 침대방 하나 줄까? 큭큭."

이런 대화를 하다 스르륵 잠이 들었다. 그날 우리는 롯데월드에서 놀이기구 타는 꿈을 꿨을까, 아니면 W시에서 집을 구하는 꿈을 꿨을까.

며칠 후 남편의 생일날, 나는 케이크와 손편지를 준비했다. 손편지는 생일 편지답게 다소 식상하게 시작했다. 생일 축하해. 더운 날 태어나느라 고생 많았어. 지금 한창 복숭아가 나오는 계절이니 내가 당신 좋아하는 복숭아 많이 깎아줄게. 그렇게 한 줄 한 줄 쓰다 보니 갑자기 문장 하나가 떠올랐다.

'내 꿈과 희망과 모험의 세계는 바로 당신이야.'

새로운 곳으로 떠난다는 건 엄청난 모험이지만 내 옆에 사랑하는 사람이 있어서 떠날 수 있을 거 같다. 우리가 정말 그 낯선 도시로 떠난다면 그건 당신이 내 옆에 있어서야. 우리 둘은 이 세상 수많은 모험을 함께하게 되겠지. 그리고 이번에 만약 롤러코스터를 탄다면 말이야, 당신 팔을 꼭 붙잡고…… 눈을 떠볼게.

4

평범하지만 가끔은 진지한 딩크로운 나날

죄송합니다,
딩크라서?

결혼하고 몇 년이 지나니 "아직 좋은 소식 없냐?"라는 질문을 종종 듣는다. 경험상 이런 질문은 대개 단순하게 안부를 물어보려는 의도다. "아직 없다"라고 말하면 대부분 그러냐고, 하면서 그냥 넘어간다. 하지만 종종 무례한 오지랖을 만나기도 한다.

장면 1

직장에서 열심히 손님 응대를 하고 있었다. 상담을 끝낸 손님이 나에게 서류를 넣게 대봉투 하나만 달라고 한다. 멀리 떨어진 곳에 비치된 봉투를 꺼내기 위해 끙차, 책상에서 일어났는데, 손님이 대뜸 이렇게 말한다.

"몸도 무거워 보이는데, 내가 가지러 가도 되는데, 미안해요."

오늘 내 옷이 너무 펑퍼짐했나. 아무래도 오래 앉아 있는 일을 하다 보니 편한 옷만 찾는 건 어쩔 수 없다. 하지만 이분이 이런 오해를 하는 건 내 몸매에도 문제가 있는 거겠지. 상체는 말랐는데 하복부에만 살이 찐 '하비(하체비만)'가 잘못한 거다.

"아니에요, 그런 거 아니에요. 제가 살찐 거예요."

"어머머, 미안해요. 축하해주려고 말 꺼낸 건데……."

오늘 처음 만난 사람한테 그런 축하 안 들어도 되는데…… 쩝.

장면 2

몇 년 만에 만난 한 여자 상사에게 이런 소리를 들었다.

"어머, 왜 이렇게 살쪘어? 그렇게 살찌면 애 갖기 힘들어."

그분은 내 몸무게 앞자리가 4일 때 나를 처음 봤으니 그 숫자가 5로 바뀐 모습이 생소할 수도 있다고 치자. 하지만 이런 말, 남자가 했으면 직장 내 성희롱으로 문제가 될 '막말' 아닌가. 소문에 그분은 미혼인 여직원들에게는 '여자가 나이 들면 애 갖기 힘들다'라고 말씀하고 다니신다고 하니, 아마 아이를 낳았던 일이 본인 삶에서 일생일대의 중요한 과업이었던 터라 그러시는 건지. 조만간 사내 게시판에 성희롱 간부로 오르내리지 않을까 걱정스럽다.

장면 3

또 다른 남자 상사는 나에게 저출산에 대한 기묘한 해법을 제시하기도 했다.

"애완동물을 키우는 게 문제야. 애 안 낳고 개새끼를 끼고 사니까 그렇지."

이분의 주장인즉, 대부분의 딩크 부부는 애완동물을 기르고 있고 자식에게 얻는 만족감을 개를 통해서 받고 있다, 그러므로 저출산을 해결하기 위해서는 우리나라의 고유문화인 '보신 문화'가 더욱 활성화되어야 한다, 이런 내용이었다. 저 산으로 가는 비논리적 설명은…… 머리가 띵하므로 이쯤에서 생략하겠다. 어쩌면 중복에 매년 즐겨 가던 보신탕집을 갔는데 그 집이 망해버렸든지, 요즘 누가 보신탕을 먹냐고 핀잔을 들었든지 해서 갑자기 짜증이 치솟아 저런 헛소리를 하는 걸지도.

장면 4

남편과 함께 즐겨 가는 단골 수제비 집이 있다. 그곳의 여사장님은 꽤 걸걸한 스타일인데, 그날은 주방에서 나와 테이블에 앉은 손님에게 아이를 낳지 않고 사는 '요새 것들'에 대해 목소리를 높이고 있었다.

"대체 왜 아이를 안 낳는 건지 모르겠다. 만물의 영장인 인류가, 종의 의무를 다하지 않는 것이 말이 되는가!"

이젠 단순한 비난을 넘어 거대한 생물학적 책무가 나를 때린다. 수제비를 입에 물고 인류의 거대한 운명 앞에 속죄해야 할 거 같은 기분이 들었다. 사장님 말씀대로 호모 사피엔스는 만물의 영장 맞다. 그러니까 생태계 꼭대기에서 올라앉아 전 지구적 문제를 일으키고 있는, 그야말로 파괴적 악당으로서 만물의 영장 맞다. 그래도 이 사장님은 나에게 생물학적 본성에 대해 사유해 볼 기회를 주셨다는 점에선 감사하게 생각한다. 본성대로라면 아이를 낳는 것이 더 자연스러운 현상이다. 하지만 생존 환경이 척박해지면 생물은 스스로 개체군을 줄여나가기도 한다.

도심의 말매미는 열섬효과로 개체군이 번성 중이다. 반대로 수원청개구리는 서식지가 사라지면서 멸종위기종이 됐다. 동물의 어떤 종이 잘 살고 있다는 지표는 숫자가 많아지는 것이다. 거꾸로 어떤 종은 숫자가 줄어서 멸종위기종이 되기도 한다. 개체군 생태학은 생물종의 숫자가 변화하는 요인을 연구한다. 잘 살고 있는 종도 한정 없이 숫자가 늘어나지는 않는다. 개체군이 커지면 커질수록 경쟁이 심해지면서 개체군은 조절된다.

이러한 개체군 크기를 인간의 관점에서 보면 '인구'다. 이화여대 에코과학부 장이권 교수는 "생물학자는 위기종 연구를 할 때 위기 요인을 먼저 찾고 스트레스에 관심을 갖는다"고 말했다.

생물학자가 보는 한국의 인구 상황은 어떨까. 장 교수가 보기에 지난해 3분기 합계출산율 0.95명은 "개체군이 조절되고 있다는 뜻"이다. 개인의 관점에서는 스트레스 상황에서 벗어나려는 노력일 수 있다는 것이다. 그는 "사회 전체가 재조정하는 단계가 아닌가 싶다"며 "자원의 한계가 있는데 숫자를 늘려가다가는 모두가 망할 수 있기 때문에 출산율의 조절은 개인으로 보면 최선의 선택"이라고 말했다.

_"인간이 걱정하는 '출산율 감소'…… 동물의 세계에선 '개체군 조절'" 일부 발췌, 경향신문, 2019. 1. 2.

생태계는 한 세대에서 다음 세대로 이어지는 과정에서 기후, 먹이, 서식처, 천적, 질병, 짝짓기 등의 압박이 일어나면 개체군의 크기를 자연스럽게 줄여나가 생존을 도모한다. 어쩌면 딩크는 이 척박한 환경에서 살아남기 위한 나의 생존 전략 아니었을까.

월급쟁이로 한 달 벌어 한 달 사는 경제력만이 문제가 아니다. 아이를 제대로 키울 자신이 없게 만드는 환경이 더 큰 문제다. 나 같은 경우는 평생 맞벌이로 살아야 하는데, 나이 드신 부모님이 남은 노후를 손주 돌보는데 써주셔야 아이를 키울 수 있을 것이다. 부모님이 결국 몸이 안 좋아져 그마저도 지원받지 못하는 상황에서 2년뿐인 육아휴직마저 쓰고 나면 아이는 타인의 손에 길러져야 한다. 요새 육아를 장려하기 위해 도입됐다는 시간제 근무를 하려 해도 직장 동료에게 미안한 마음으로 다녀야 할 것이다. 어린아이를 대상으로 한 범죄를 뉴스로 보면서 아이를 조심시키고 조심시켜도 마음이 놓이지 않을 것이다. 아이와 온전히 시간을 보내지 못한다고 나 자신을 책망할지도 모른다. 내 일과 육아 사이에서 나는 계속 이러지도 저러지도 못하고 애매한 상태에서 두 가지 모두에게 미안한 마음으로 살아간다. 이게 내가 봐온 워킹맘들의 삶이다. 이렇게 힘겹게 육아와 일을 병행해내는 이들에게 내 선택이 도피처럼 느껴질 수 있다. 하지만 이 선택이 내가 나다운 삶을 살기 위한 최소한의 생존 방식이라면? 누군가의 처절한 생존 방식에 그 누구도 돌을 던질 자격은 없다.

첫 번째 장면의 손님에게.

"제가 의자에서 너무 힘들게 일어났고 직장에서 너무 편한 옷을 입었고 몸매 관리를 못 한 나머지 오해를 불러일으켜서 좀 죄송합니다."

하지만 그런 사적인 이야기를 꺼내기 전에 그런 경우가 아닐 수도 있다는 생각을 한 번만이라도 해보고 그런 말은 그냥 마음에만 담아두는 배려도 갖췄으면 하는 바람이다. 그리고 남은 두 무례한 사람들. 사실 이들은 나에게뿐만 아니라 어디 가서도 이런 식으로 또 다른 막말을 하고 있을 것이다. 그러니까 이건 내 문제가 아니라 그들의 인성 문제인 것이다. 이런 사람들은 그냥 단칼에 자르고 무시하는 게 상책이다. 그들의 말에 하나하나 대응하고 마음에 담아두면 안 된다. 상대방에 대한 예의 없이, 머릿속 필터 없이 그대로 말인지 똥인지를 배출하는 사람들의 말은, 그냥 "똥 밟았다, 재수 없다." 이렇게 생각하고 넘어가야 한다.

사실 제일 미안함을 느끼는 대상은 복지부에서 출산율 정책을 짜내야 하는 국가 공무원들이다. 하다 하다 얼마나 답답하면 전국 가임기 여성의 숫자를 표시하는 출산 지도를 만들었을까. 조직에 몸담은 실무자로서 그들의 답답한 심정을 충분히 이해한다. 정책을 만들어 돈을 쏟아부어도 출산율은 오히려 더 떨어지고, 윗선에서는 뭐 더 '신박한' 아이디어 없냐고 압박을 해올 테고, 출산 지도를 내놓으면 여자가 뭐 애 낳는 기계냐고 뭇매를 맞을 걸 뻔히 알면서도 위에서 오케이를 했으니 결국 판도라의 상자를 여는 마음으로 이 세상에 내놓았을

지도 모른다고 믿고 싶다.

간혹 뉴스에서는 0.9대의 출산율을 들먹이며 이대로 가다간 대한민국이 없어질 것처럼 호들갑을 떤다. 국가적 관점에서 나 같은 '요새 것들'은 대역 죄인이 된다. 출산율 통계를 끌어내리는 죄인. 정부의 출산장려 정책을 무력하게 만든다는 죄인. 소득 수준이 낮아도 대책 없이 아이만 많이 낳으면 임대아파트를 주겠다는 주거복지정책을 우습게 만든다는 죄인. 지자체에서 퍼주는 쥐꼬리만 한 출산장려금에는 끄떡하지 않는 죄인. 그래서 이렇게 읊조린다. "죄송합니다, 딩크라서." 하지만 내가 이렇게 사과한다고 정부가 "몇 푼 안 되는 지원금 손에 쥐여주는 출산장려 정책이 아무래도 잘못된 거 같군요, 죄송합니다." 이렇게 나오진 않겠지. 그래도 대한민국에 발 붙이고 사는 한 내 쪽에서 조금은 미안한 척해줘야 국가의 면이 설려나.

"일꾼(?)을 생산하지 못하는 대신 누구보다 더 열심히 일해 GDP 증진에 이바지하겠습니다. 또 후손들에게 빌붙어 살지 않기 위해 제 노후는 제가 책임지도록 그 누구보다 열심히 살아가겠습니다."

오해와
변명

아이들이 올망졸망 모여 가위바위보를 하고 있다. 이기면 지하철 계단을 먼저 올라가는 게임인가 보다. 이겨도 까르륵 웃고, 져도 까르륵 웃는 아이들이 마냥 사랑스럽기만 하다.

"아이들 너무 귀엽다."

내가 이렇게 중얼거리니 동행이 의아한 눈빛을 하고 묻는다.

"너, 아이 안 좋아하는 거 아니었어?"

이런 오해는 바로 풀어줘야 한다.

"저 귀여운 걸 어떻게 안 좋아할 수가 있어?"

아이를 안 낳기로 한 것과 사랑스러운 아이를 보고 귀여워하는 건 별개다.

뭐, 이런 오해 정도는 귀여운 수준이다. 아이를 낳지 않을 거면 남편네 집안 대는 누가 이을 거며 부모와 조상에게 불효한다는 지적은 자못 심각하기까지 하다. 그럼 나 역시 한껏 심각한 표정을 지으며 속으로 이렇게 묻는다. '대관절 그 대란 무엇인가' 한 번도 뵙지 못한 조상의 피가 나에게 흐른다는 거고, 그 혈육의 끈을 잇는 것이 후대의 책임이라는 건데, 그 대라는 것도 위로, 위로 올라가다 보면 사실 단군 할아버지까지 올라갈 수 있는 것 아닌가. 그렇다면 우리나라 사람들은 모두 하나의 대를 잇고 있는 것이고, 더더더 올라가며 전 세계인은 하나의 대를 잇고 있는 건 아닌가. 나 하나 잇지 않는다고 해서 조상들의 대가 끊기는 건 아니지 않은가!

다만 부모님께 불효한다는 건 어느 정도 인정한다. 계 모임에 나갈 때마다 엄마는 본인만 할 얘기가 없는 게 불만이다. 다들 손자 손녀 얘기뿐이기 때문이다. 하지만 그분들이 그 주제만 말씀하시는 건 본인들이 손주 돌보미를 하고 있기 때문이다. 그것 때문에 허리와 손목이 나가고 있지만 그 사실은 애써 드러내지 않는다. 부모님께 남들에게 자랑할 만한 귀여운 손주 사진과 동영상을 못 드린 건 죄송하지만 그래도 말년에 좀 편하게 사실 수 있게 도와드렸다고 먼 훗날 재평가받진 않을까.

부부간에 아이가 꼭 있어야 하는 이유 중 하나로, 그래야 남편과 헤어지지 않고 온전히 가족을 이어갈 수 있다고들 하는데, 대체 남편이 웬수 같아지면 왜 굳이 같이 살아야 하는지 모르겠으니 더 말하고 싶진 않다. 오히려 애 때문에 억지로 붙잡혀 사는 건 아닌가. 아이 때문에 부부가 백년해로한다고 생각하지 않는다. 어차피 헤어질 사람이면 아이가 있든 없든 헤어지게 되어 있다.

말년에 자식 없이 노후가 쓸쓸할 것이라는 지적도 있다. 어느 정도 타당한 주장이다. 우리 부부도 이 화제를 종종 이야기한다. 스마트폰에 새로운 앱을 깔고 회원 가입을 하고 또 뭔가를 승인하고 또 승인하고…… 너무 귀찮아서 도저히 못 하겠는 순간, "아, 못 하겠다! 진짜!" 이런 소리가 절로 나올 때가 있다. 그럼 남편이 조용히 내게 다가와 이렇게 말한다. "여보, 우리는 나중에 이런 거 해줄 자식이 없을 테니까 IT기기 사용법을 잘 배워놔야 해."

내가 일하는 주민센터에 스마트폰 사용법을 물어보러 오시는 어르신들이 생각났다. 사용법을 알려주다가도 비밀번호 인증 같은 것에서 막히면 결국 자식분들한테 여쭤봐야 할 거 같다는 말을 했다가 아차, 싶었던 기억. 하긴 그런 자식이 곁에 있었으면 여기까지 와서 민망하게 물어보지도 않았을 텐데 말이다. 자식이 없으니 IT기기나 첨단 트렌드를 더 열심히 배워야 하는 수고로움이 들겠지만 그 정도는 감수해야지 싶다.

사실 자식이 없어 노년이 쓸쓸하다는 주장은 굉장히 잘못된 전제를 깔고 있다. 바로 모든 자식이 효자일 거라는 전제인데, 노년의 부모를 잘 찾아뵙고 돌보는 자식도 있지만 부모 돈을 말아먹는 자녀도 있다는 것을 간과한 것이다. 그런 자녀를 어쩌지 못해 가슴에 큰 구멍이 난 것 같은 상실감을 안고 살아가느니 그냥 스마트폰 사용법을 배우는 게 나을 것 같다.

딩크족으로서 가장 많이 받는 오해는 방종하다는 것이다. 자유롭게 살고 싶어서 아이 없는 삶을 선택했고 그만큼 부모와 사회에 대한 책임감도 부족하고 자기만 아는 지극히 이기적인 인간이라는 것이다. 자유와 방종의 차이는 자유롭게 행동하면서 남에게 피해를 주느냐 여부인 것 같은데, 이 오해는 일단 내가 아이를 낳지 않아서 그들에게 어떤 직접적인 피해를 줬는지부터 규명해야 할 텐데 그게 쉽지는 않을 것 같다. 오히려 딩크는 자녀로 인한 복지 지원금을 전혀 받지 않으면서 청약이나 절세 같은 각종 혜택의 사각지대에 있으니 오히려 간접세를 내고 있다고 볼 수 있는 것 아닌가.

이 주장에서 내가 인정할 수 있는 부분은 내가 다른 것보다 나를 더 생각했다는 것이다. 내가 아이를 낳지 않기로 한 지극히 개인적인 이유는 내 시간이 더 필요했기 때문이다. 내가 하고 싶은 일은 철저히 나에게 집중되어 있지만 내 생은 짧고 육아는 내 시간과 노력을 요구한다.

나는 그걸 욕망의 종류가 다를 뿐이라고 설명하고 싶다. 돈을 더 많이 벌겠다는 욕망, 명예와 권력에 대한 욕망, 사다리를 타고 이 계층의 피라미드를 오르겠다는 욕망, 내 아이를 잘 키워보겠다는 욕망, 커리어에 대한 욕망, 오늘 저녁은 세상에서 제일 맛있는 디저트를 먹겠다는 욕망 등등 저마다 욕망의 포인트가 다른 것처럼 나는 내 시간과 자유에 더 욕심을 냈을 뿐인데, 자신이 하고 싶은 일에 집중하는 게 그렇게 잘못된 일이라니. 난 선택과 집중을 했을 뿐이다. 더구나 내 일을 사랑하는 만큼 일에 대한 책임감도 크기 때문에 전반적으로 방종한 인간이라는 오해는 사양하고 싶다.

내가 아이를 낳지 않기 때문에 아쉽다고 생각한 건 사실 딱 하나다. 기억하지 못하는 어린 시절을 그대로 묻어둔 채 불완전한 인간으로 살아나가야 한다는 것이다. 나는 인간이 아이를 낳는 이유가 생물학적인 이유뿐만 아니라 자기 삶에서 잃어버린 시간을 복원하기 위한 것이 아닐까, 하고 생각한다. 사람은 아이를 키우면서 기억하지 못하는 어린 시절의 향수를 느낀다고 한다. 한 살, 두 살…… 그 까마득한 시절을 기억하는 사람은 드물다. 기억나지 않지만 내가 지나왔을 그 시간을 아이에게서 엿본다. 그때 내 눈동자도 저렇게 말갛게 빛났겠지. 그때 내 손가락도 저렇게 말랑거렸겠지. 아이에게 나를 깊이 투영하면서 잃어버린 그 시간을 다시 불러올 수 있게 된다. 엄마가 된다는 것은 한 아이의 성장을 기억하면서 동시에 잃어버린 과거를 복원하며 불완전한 기억을 다시 쌓아 올리는 과정일지도 모른다. 아이의 시간과 엄마의 시간이 만나면서 그 둘은 뗄 수 없는 하나의 역사가 되는 것이다. 이 소중한 경험을 직접 할 수 없다는 게 안타까울 뿐이다. 그래서 간접경험을 하며 그 향수를 느낄 수밖에. 나도 아주 어렸을 때는 저렇게 가위바위보를 하며 계단을 오르내리는 것만으로도 까르륵 웃던 시절이 있었겠지, 하고 말이다.

자식예찬론자에게
딩크를 고백했더니

"몇 살이에요, 무슨 일 하세요, 결혼은 했어요, 아이는 몇이에요?"

이런 신상정보를 묻는 말들. 외국인들에게 무례라는 이 한국식 대화법을 비판하는 사람들도 있지만 나는 이 질문의 취지를 이해한다. 지금 상대방은 나와 어색함을 풀고 대화를 해나가려고 애쓰고 있다는 것을. 그래서 될 수 있으면 기분 나빠하지 않고 상냥하게 대답해준다. 다만 아이가 몇이냐는 질문에서 걸리는데, "아직 없어요."로 얼버무리는 게 현재 나의 대응 방법이다. 아직은 신혼이기에 가능한 것인데 결혼한 지 10년, 20년이 지나면 어떻게 해야 할까. 그때는 "아이는 없습니다." 이렇게 대답하면 상대방은 쓸데없이 다양한 상상을 하면서 혹시 자신이 그 질문을 했다는 것 자체를 미안해할지도 모른다는 생각이 든다. 그런 불편함을 덜어보고자 차라리 "저는 딩크족이에요."라고 대답해버리면 상대는 더 곤란해할까.

'딩밍아웃(DINK+coming-out, 제가 딩크를 고백해야 하는 상황을 자주 만나면서 가끔 하는 말입니다)'의 순간들이 있다. 직장 분위기가 원체 가족적이라(특별한 일이 아닌 한 잘리거나 나가지 않는 곳이니) 개인 신상에 관해 이야기하는 게 너무 자연스럽다. 함께 일하는 팀장님 아들의 여자친구가 몇 살인지, 팀장님의 남편분이 어젯밤에 술 먹고 새벽 몇 시에 들어왔는지, 오늘 아침에 그 웬수 같은 남편에게 해장국을 끓여줬는지 등을 알고 싶지 않아도 알게 되는 곳이다. 그러니 나 역시 어쩔 수 없이 내가 왜 여태 아이가 없는지를 설명해야 하는 순간들이 찾아온다.

"저는 아이 없이 살려고요."

이렇게 말했을 때 돌아오는 여러 가지 반응들.

의외로 많은 사람이 별것 아닌 듯 시큰둥하게 받아들인다. "그래?" "왜?" 진짜로 궁금하지 않은, 형식적인 리액션을 보인다. "뭐, 신혼 때니까 그럴 수도 있지." "그러다 몇 년 후에 아이 낳고 육아휴직 한다고 하겠지." 반응하면서 내 대답을 그다지 진지하게 생각하지 않는다. 사교적인 성격의 사람은 동감해주는 반응을 보여주기도 한다. "맞아, 내 주변에도 그런 사람 있어." 이렇게 시작하거나 "요새는 많이들 그런 것 같아. 무자식이 상팔자라는 말이 왜 있겠어." 이런 식이다. 사실 내 쪽에선 이 영혼 없는 동감이, 직장에서 일로 만난 관계에선 제일 속 편한 반응이긴 하다.

이런 경우는 사실 나라는 사람에게 큰 관심이 없기에 그냥 스쳐 가듯 반응하는 것에 더 가깝다. 하지만 인간적인 교류를 통해 나와 어느 정도 친하다고 생각하는 사람들의 반응은 좀 더 극적이다. 깜짝 놀라면서 "진짜? 정말로?" 재차 묻는다. 내가 그렇다고 하면 "나중에 정말 후회 안 할 자신 있어?" 확인하고 또 확인한다. 남편과 동의가 된 건지 시댁과는 이야기가 된 건지 세세하게 질문한다. 내가 정말 그러기로 했고 모든 걸 미리 준비했다는 걸 알면 "넌 계획이 있구나." 하면서 받아들인다.

가장 곤혹스러운 순간은 여기서 멈추지 않고 나를 설득하려 할 때다. 상대방이 정말 나를 아껴주는 사람이란 걸 아는데, 진심으로 나를 설득하려고 할 때, 이건 무시하기도 힘들어 나도 최선을 다해 상대를 이해시켜야 한다. 이 과정은 지난하고 힘들지만 그래도 서로를 깊이 이해할 기회가 되기도 한다.

내가 만났던 직장 상사 중에 가장 죽이 잘 맞았던 오 팀장님이 이 케이스다. 이제 20대가 된 아들 둘을 건장하게 키워낸, 워킹맘의 롤모델 같은 삶을 사는 분인데, 양갈래로 머리를 땋아줄 딸을 낳고 싶었는데 시커먼 사내아이만 둘을 낳았다며 투덜거리긴 하지만, 아이를 키우는 과정에서 스스로가 얼마나 단단하게 성장했는지를 말하는 자식 예찬론자다. 내가 이분을 진심으로 좋아하는 이유는 자기 삶에 당당하고 항상 긍정적이기 때문이다. 그래서 나도 당당하게 '딩밍아웃'을 했다.

"저희 부부는 아이 안 낳기로 했어요."

"헉! 왜 안 낳아? 자식이 주는 행복이 얼마나 큰데!" (버럭!)

"물론 그렇죠. 그치만 속도 많이 썩이지 않아요?" (자연스러운 화제 전환)

"맞아. 아휴, 우리 첫째 녀석 때문에 걱정이야." (급 자식 걱정이 한참 이어진다.)

"진짜 걱정 많으시겠어요. 애들이 다 큰 거 같아도 계속 걱정거리네요." (공감)

"맞아. 내가 다 키워놓고 나니까 자식만큼 가성비 제로인 게 없는 거 같아." (뼈를 때리는 '현타')

자식이야말로 하늘이 주신 선물 같은 존재라는 말을 입에 달고 사는 팀장님이 자기 입으로 자식이 '가성비 제로'라는 말을 하다니. 실언처럼 흘려버린 명언에 그만 배를 잡고 웃어버리고 말았다. 그렇게 서로 깔깔깔 웃어버리고 '딩밍아웃'은 잘 끝났다.

딩밍아웃의 순간에 괜히 머뭇머뭇하거나 말을 돌리려고 하지 말자. 그럼 상대방은 더 궁금해하고 난임이라느니, 이혼 직전이라느니 괜히 잘못된 소문만 퍼질 확률이 높다. 뻔뻔하게 때론 넉살 좋게, 그냥 내 일상인 것처럼 가볍게 얘기하는 것도 한 방법이다. 그리고 자식 키우신 선배님들과 이야기해보면 자식 때문에 지지고 볶았던 이야기가 넘쳐난다. 내 신상 갖고 뭐라 한다고 날카롭게 군다거나 내 인생에 신경 끄라는 냉정한 태도보다는, 그분들의 자식 이야기로 화제를 전환해보는 것이 딩밍아웃의 꿀팁이다. 그분들에겐 자식은 세상의 전부,

혹은 전부까지는 아니어도 정말 중요한 부분이기 때문에 자식을 키워낸 이야기에 관심을 보이고 그 자식 자랑을 들어주는 것만으로도 그분들의 삶을 존경하는 태도로 여겨질 수 있다. 나는 실제로 그렇다. 하나의 인간을 키워낸다는 게 얼마나 대단한 일인지 알기에, 내가 못 해낸 일을 해낸 그분들을 진심으로 존경한다. 나는 오 팀장님의 삶을 존경했기에 그분의 이야기를 경청했고, 팀장님도 자신의 마음을 솔직히 드러낸 것이다.

물론 팀장님이 '무자식이 상팔자'를 '자식은 가성비 제로'라는 말로 유쾌하게 해석할 수 있는 만큼 마음이 열려 있고 위트 있는 사람이라 잘 끝난 것이리라. 여전히 오 팀장님은 내가 아이 없이 사는 걸 이해할 순 없는 사람이지만, 솔직하게 인정할 부분은 인정해준 그 쿨함이 내심 고마웠다. 내가 바라는 가장 이상적인 딩밍아웃의 결과가 바로 이런 거 아닐까 싶다.

어느 '뒹크로운' 주말

쨍한 햇살. 구름 한 점 없는 온전한 하늘빛. 주말에 쉬는 평일 노동자들에게 이보다 설레는 날씨는 없을 것이다. 딱이다. 집에서 뒹굴거리기에.

우리 부부의 주말은 매일 다른 것 같지만 사실은 패턴이 있다. 그 패턴의 핵심은 뒹굴거림. 이 패턴이 마치 하나의 의식처럼 반복적으로 이루어지고 있다. 나는 인간의 습성과 변화의 근본적인 힘은 반복이라는 것을 경험적으로 알고 있다. 예컨대 내 다리 근육은 7년간 약 한 시간 거리의 출퇴근으로 딱, 그 정도로만 강화되어 있다는 것만 봐도 반복의 힘은 무서운 것이다. 더 많이 걸으면 근육통이 오고 더 적게 걸으면 군살이 붙는다.

우리는 이런 반복적인 뒹굴거림을 함께 해오면서 집돌이 집순이 캐릭터를 더 견고하게 만들어나가고 있다. 그래서 이 일상은 마치 매주 주말에 교회에 나가는 것과 유사한 우리만의 '가족 의식'이 되었다.

일단 주말 오전에는 무조건 나가야 한다. 강아지 라니는 매일 산책을 해야 하고, 특히 주말에는 온 가족이 라니 산책에 동참해야 하는 나름의 '산책 의식'이 있기 때문이다. 나보다 스케줄 조정이 쉬운 남편이 평일에 주로 라니의 산책 대변인(大便人)을 맡아 하고 있지만 주말에는 마치 온 가족이 함께 예배를 가듯 다 같이 나가는 것이 원칙이다. 남편 말로는 라니가 우리 둘을 좌청룡 우백호로 끼고 산책을 할 때 어쩐지 더 기세등등하고 더 신나 한다고 하는데, 늦잠 자려는 나를 침대에서 일으키는 사탕발림 같지만, 어쨌든 라니 보호자라는 의무감과 가족이라는 집단의식, 그리고 습관의 힘으로 침대에서 기어 나오게 된다. 라니가 평일보다 얼마나 더 열심히 산책을 수행하는지는 알 수 없지만 어쨌든 한 명의 대변인보다 두 명의 대변인이 효율적인 업무 분담으로 성스러운 야외 배변을 빠르게 처리할 수 있는 건 사실이니까.

이렇게 구시렁거리지만 사실 나는 라니랑 산책하는 걸 좋아한다. 라니의 특별한 산책법이 좋다. 라니는 걷는 데는 관심 없다. 오히려 냄새를 맡고 자기가 꽂힌 자리에 한없이 머물면서 뒷발질을 하는 걸 좋아한다. 라니가 자신의 미션을 열심히 하는 동안 주인은 그 자리에서 '잘한다, 잘한다'를 해주며 추임새를 넣어주는 역할을 하지만 그것도 한두 번이지, 계속 한자리에 있다 보면 심심해서 주위를 관찰하게 된다. 그러면 그동안 못 보던 걸 보게 된다. 어렸을 때 그렇게 쫓아다녔던 개미가 지금도 이렇게 부지런히 기어 다니고 있는데, 나는 매일 이 길을 걸으면서 보지 못했다는 것을 깨닫는다. 계절이 바뀌면 나무는 부지런히 새싹을 밀어내고 꽃을 피워내고 녹음을 이루고 낙엽을 떨구고 나목이 되어 겨울을 견딘다. 매일 산책하다 보면 계절의 순환을 천천히 음미할 수 있다. 특히 라니는 낙엽 쌓인 길을 좋아한다. 걸을 때 샥샥 소리가 나는 게 재미있는지 갑자기 다다다다다 뛴다. 눈 오는 날은 싫어한다. 이 세상 모든 강아지가 눈을 보면 펄펄 뛰면서 좋아한다고 오해하지 말자. 눈이 오면 라니가 항상 쉬를 누는 곳은 눈에 덮이고, 그럼 그곳을 잘 찾지 못한다. 길 잃은 아이처럼 망연자실한 채 흔들리는 라니의 눈동자를 보면 괜히 같이 심란해지면서 웃음이 새어나오는 건 어쩔 수 없다.

주말의 뒹굴뒹굴하는 일상의 절정은 뭐니 뭐니 해도 낮잠이다. 주말 점심 우리는 주로 간단한 면 요리를 해 먹는다. 스파게티, 메밀국수, 아니면 일요일이니까 짜파게티? 간단하게 한 끼 해 먹을 수 있어서 좋지만 면 요리에는 치명적인 문제가 하나 있다. 탄수화물 폭발로 인한 필연적 식곤증을 유발한다는 것이다. 특히 나는 무슨 병인 양 면을 흡입하고 나면 무조건 낮잠을 자야 한다. 처음엔 어떻게든 잠을 쫓아보려고 애를 썼는데, 잠은 천하장사도 못 이기는 거고 잠을 못 자게 하는 건 고문 기술이기도 했다는 등등 갖은 이유를 대며 나 스스로 포기했고 남편도 포기시켰다.

남편은 낮잠을 안 자는 사람이었는데, 강아지도 아내도 모두 너무 잘 자고 있으니 조용한 오후를 견디기 힘들었을 것이다. 특히 라니는 자면서 '푸하푸하, 힝' 이런 희한한 콧소리까지 내면서 자는데 이게 진짜 ASMR이다. 더구나 이제 남편 본인도 연세가 지긋하니 절대 낮잠 안 자는 사람이라는 청춘 시절의 호언장담을 포기해야 할 때가 된 것이다. 결국 몇 번 같이 자더니 예배 끝나고 자연스레 소모임 가듯 낮잠 의식에 동참하게 됐다.

잘 자고 일어나 함께 저녁을 먹어야 한다. 낮에 음식을 만들어 먹었기 때문에 저녁은 주로 시켜 먹는다. 주말마다 항상 맛있는 걸 먹고 싶다고 외치지만 대체 맛있는 게 뭔지 모르겠다는 이상한 깨달음을 얻고 배달 메뉴를 보며 현실과 타협하기 시작한다. 남편은 먹고 싶은 음식이 어차피 정해져 있다. 탕수육, 돈가스, 피자. 반면 나는 매번 뭔가 새로운 게 없나 검색해보는 스타일. 그 사이에서, 그러니까 적당한 교집합과 여집합 사이에서, 다시 말해 안정과 도전 사이를 왔다 갔다 하며 저녁을 주문한다. 역시나 오늘의 한 끼를 먹는 건, 그러니까 사람이 하루의 일용한 양식을 먹는 건 성스럽고 고된 기도처럼 힘들지만 보람차다. 이렇게 우리들의 주말 의식은 끝나간다.

저녁 이후에는 하고 싶은 일을 각자 하는데, 오늘은 함께 영화를 보기로 한다. 오랜만에 다시 보는 〈웰컴 미스터 맥도날드〉. 우리 부부는 이 영화를 언급할 때마다 10여 년 전 구리 코스모스 축제에서 함께 봤던 불꽃 축제 추억을 소환한다. 그날 인파를 헤치고 우연히 잡은 자리가 폭죽을 쏘아 올리는 자리여서 셀 수 없이 많은 폭죽이 바로 눈앞에서 터지는 장관을 봤기 때문이다. 그것은 정말 황홀한 경험이었다. 펑펑 터지는 소리가 고막을 먹먹하게 만들면서 순간 이 세상엔 오직 하늘의 폭죽과 나만 존재할 뿐 아무것도 존재하지 않는 기분이었다. 불꽃이 바로 내 앞에 있는 것만 같아서 그대로 손을 뻗으면 불꽃을 잡을 수 있을 것만 같았다. 그럴 일은 없지만 불꽃이 내 발밑으로 떨어질 것만 같아 불꽃이 땅으로 떨어질 때마다 괜히 움찔거렸다. 이렇게 가까이서 보는 불꽃쇼는 처음이라며 잔뜩 흥분해 있는데, 남편(당시 남자친구)이 정말 특별한 불꽃놀이를 볼 수 있는 영화가 있다면서 그날 밤 집에 돌아가서 꼭 그 영화를 보라고 했다. 그 영화가 〈웰컴 미스터 맥도날드〉다. 더 자세히 설명하면 스포일러가 될 거 같으니 영화 내용은 여기까지. 일생에서 본 적 없는 감동적인 불꽃놀이를 보고 싶다면 이 영화를 꼭 보길. 참고로 나는 사람을 무참하게 죽이고 썰어대는, 가슴 쫄리는 영화를 못 보는 영화계의 심신미약자인데, 이 영화를 만든 미타니 코키 감독의 영화들은 그런 걱정이 없어서 참 좋아한다.

영화가 끝나고 남편은 책상에서 만년필로 무언가를 끄적거린다. 그는 어렸을 때부터 악필이어서 글씨 쓰는 것을 세상에서 제일 싫어했지만 나이가 들어 만년필로 글씨 쓰는 걸 사랑하는 사람이 된, 다소 특이한 취향의 역사를 가진 사람이다. 만년필에 관심을 두게 된 건 사실 유튜브에서 수제 만년필을 만드는 장인의 영상을 보면서였다. 손을 사용해서 반복적으로 무언가를 만들어내는 영상이 주는 나른함에 홀리다가 어느새 만년필로 글까지 쓰게 된 것이다. 사각사각, 만년필이 종이를 긁으며 잉크가 종이에 스며든다. 그 시간만큼은 이 세상에 그와 종이와 펜밖에 없는 것 같은 고요가 공기 속으로 스며든다.

그는 내친김에 내 만년필을 고쳐준다. 남편이 선물해줬는데, 내가 오랫동안 버려둬 잉크가 굳어 막혀버린 것이다. 뜨거운 물에 펜촉을 담가놓으면 굳었던 잉크가 천천히 풀어진다. 아지랑이처럼 피어오르는 잉크는 느리게, 아주 느리게, 물속을 퍼져나가는데, 그 모습을 보고 있으면 왠지 마음이 살살 간지럽다. 피어오르는 뭉게구름 같기도 하고, 내 마음을 휘저어놓고 간 첫사랑의 뜬금없는 고백 같기도 하고…… 오래전 읽은 소설 속 물푸레나뭇잎이 떠오른다.

"이것은 어떤 이름을 가진 나무인가요?

그녀가 묻는다.

"물푸레, 물푸레나무지요."

"물푸레, 정말 아름다운 이름이네요."

"그 이름은 바로 당신의 이름이기도 합니다."

"왜 그렇지요?"

"이 나뭇가지 하나를 꺾어 물에 담그면 잉크빛 푸른 물로 변합니다. 그래서 물푸레나무지요. 당신이 내 마음속에 들어오면 나는 그대로 푸르른 사람이 됩니다. 그래서 당신은 나의 물푸레나무입니다."

_양귀자, 『천년의 사랑』에서

정말 단순한 일상이지만 충만한 기분이 드는 주말. 이 저녁의 고요한 평화가 그대로 내 마음의 평화가 된다. 집돌이 집순이 딩크 부부의 뒹굴뒹굴한 하루라서 이 주말 의식에 '뒹크로운 하루'라고 이름 붙여 보았다. 다음 주는 또 장마 때문에 주말에 비가 엄청나게 온단다. 딱이다. 집에서 뒹굴뒹굴하기에.

부부 싸움을
하지 않는 비결

우리 부부는 잘 싸우지 않는다. 상황에 대한 견해가 달라 언쟁을 할 때가 있지만 그건 싸움이 아니다. 일종의 깊이 있는 대화, 그쯤이라고 봐야 한다. 싸움이란 서로를 이해하려 하지 않고 일방적인 주장만 펼치며 타인에게 내 감정을 강요하는 것으로 생각한다. 하지만 우리는 의견이 다를 때 논쟁을 펼치다가 한 사람이 더는 반박하지 못할 때 그 사람의 주장을 수용하고 스스로 이해의 지평을 넓히는 기회로 삼기 때문이다.

얼마 전 우리의 설전.

요새 캡슐커피에 빠진 남편이 친절하게 내 커피를 내려주던 어느 날. 그의 취향은 아주 달달한 커피이지만 내가 그 미칠 듯한 단맛을 힘들어한다는 걸 알고 남편은 덜 달게 만들기 위해 설탕의 양을 세심하게 조절했다. 그러면서 나를 '단알못'이라며 안타까워했다. 바로 이때다. 나는 그동안 이 단맛에 대해 깊이 사유한 바가 있어 남편을 향해 한 방 날린다.

"오빠, 내가 단맛을 알지 못한다고 놀리지 마. 어쩌면 진짜 '단알못'은 당신일지도 몰라. 나는 아주 적은 단맛에도 민감하게 반응하는 거야. 오빠는 단맛을 너무 좋아한 나머지 단맛에 중독된 걸지도 몰라. 그래서 아주 적은 단맛에는 반응하지 못하게 된 거고. 그렇다면 진짜 단알못은 당신일지도 몰라."

순간 남편은 나에게 반박하기 위해 뭔가를 골똘하게 생각하는 듯했다. 하지만 끝내 할 말을 찾지 못했다.

"많이 컸군. 당신이 이겼어. 반박할 말을 못 찾겠어."

내가 이긴 영광의 사건을 들먹여봤다만, 사실 대부분 이런 설전의 승자는 남편이다. 남편이 매번 승자가 될 수밖에 없는 비결은 그가 경청하는 사람이기 때문이다. 또 그렇게 잘 들어놓고 상대방에게 다른 관점을 질문하는 사람이기 때문이다. 이런 대화법은 상대방이 편협한

시각으로 보던 무언가를 새로운 시각에서 다르게 바라볼 수 있는 여지를 열어준다. 사실 나는 뭐든 조금 비관적으로 생각하는 사람인데, 반대로 남편은 안 좋은 상황도 좋은 방향으로 생각하게 만드는 재능이 있는 사람이다. 왜 그 컵에 관한 비유 있지 않은가. 컵에 우유가 반이 남아 있는 상황에서, 나는 우유가 반밖에 남지 않았다고 속상해하는 사람이라면 그는 반이나 남았다면서, 이게 어디냐면서 옆에 있는 사람을 묘하게 안심시키는 타입이다.

얼마 전에도 남편 헤어 스타일로 설전을 벌였다.

남편이 동네 이발소에 다니기 시작했다. 동네 이발소를 한 번 갔다 온 뒤부터는 이발소만의 '갬성'이 좋다며 이발소 도장 깨기를 하겠다는 큰 뜻을 세웠다. 이번에 도장 깨기를 한 곳에서는 면도까지 받고 왔다고 자랑을 늘어놓았다. 얼굴 전체가 아기 피부같이 보송보송해졌다며 뿌듯해했다(그런데 이 아기 피부는 딱 하루 간다).

나는 그 이발소 스타일의 머리가 싫었다. 단정한 학생 같은 스타일인데 한마디로 재미없는 스타일이다. 층도 내지 않고 모양도 내지 않았다. 정말 기본에 충실하게 잘라놓았다. 안 그래도 머리카락이 나노 단위로 가느다란, M자형 예비 탈모인인 남편이, 조금이라도 머리숱이 많아 보이게끔 머리를 만졌으면 좋겠는데, 남편은 포기한 것 같다.

"오빠, 그냥 미용실 가서 머리 자르면 안 돼? 예전에 그 오빠 머리 잘 만져줬던 언니 있잖아, 그때 그 언니가 파마도 하고 그러면 좀 더 나아 보인다고 하지 않았나?"

여기서 '그 언니'는 남편의 머리 스타일을 5:5 가르마 머리에서 앞머리를 덮는 머리로 바꿔준, 남편 머리 스타일링에 '코페르니쿠스적 전환'을 이뤄준 사람인데, 커트 후 일주일 만에 찾아갔더니 그사이에 그만두고 다른 데 가버린, 전설로만 존재하는 언니다.

"그런데 독한 파마약을 쓰면 안 그래도 약한 머릿결이 더 상하지 않을까 걱정스러운데……."

"아니야. 요새 약이 옛날처럼 막 머릿결 상하게 하고 그러지 않아."

"그래도 미용실에서 머리 하면 그날뿐인 거 같아. 내가 다시 그렇게 예쁘게 만질 자신이 없는걸. 왁스를 잘 쓸 자신이 없어."

아, 정말 포기한 건가. 좀 속상하다. 그래서 내지른다.

"아, 속상하다. 그래도 우리 남편 볼 만한 게 얼굴밖에 없었는데!"

푸, 남편도 나도 결국 웃고 만다.

"그래? 남편 볼 만한 게 얼굴밖에 없어?"

"그래! 얼굴 뜯어먹고 사는데, 머리 스타일이 그 모양이면 어쩌냐?"

그래도 남편이 대화가 통하는 사람이라고 느끼는 포인트는 여기. 자기주장만 하지 않는다. 자신의 욕구와 나의 욕구를 모두 충족할 만한 대안을 찾으려고 애쓴다. 바버샵이라고 좀 고급스러운 이발소가 있는데 거기에 가서 상담해보겠다고 한다. 다만, 가격이 여자 커트 비용보다 비싸다. 그러다 살며시 속내를 드러낸다.

"근데 나 말이야, 사실은 포마드 머리를 해보고 싶었어."

"응?"

"이발소에 가서 진짜 해보고 싶었던 건 포마드 머리야. 하지만 나 같은 탈모인은 평생 그런 머리를 할 수 없겠지?"

"오빠, 그건 나의 웨딩드레스 같은 거야."

"웨딩드레스?"

“응. 사실 내가 정말 입고 싶었던 웨딩드레스는 머메이드 스타일이었어. 하지만 그건 나같이 키 작은 사람한테는 안 어울리잖아. 그래서 결국 A라인 드레스를 입을 수밖에 없었어. 하고 싶은 거랑 할 수 있는 건 엄연히 다른 거야.”

이렇게 본전도 못 뽑을 말을 꺼낸 남편을 옆에 두고 인터넷 검색을 해보니 K-뷰티의 나라 한국에서는 어쩌면 가능할지도 모르겠다는 생각이 들었다. 탈모 머리를 감쪽같이 숱 많아 보이는 스타일로 만들어주는 능력자들이 있었다. 그들의 재주를 보니 우리 남편도 어쩌면 포마드 머리를 할 수 있을 것 같았다. 아무튼 남편은, 장기적인 대안으로 그런 능력자에게 상담을 해보겠지만, 지금 당장은 아침에 드라이를 하면서 왁스 대신에 본인에게 더 익숙한 스프레이를 써보겠다고 했다. 그래도 내 말에 공감해주고 대안을 찾아줘서 기뻤다.

그런데 갑자기 남편이 내 뒤통수를 치듯 한마디를 날렸다.

“그런데 내가 아무리 아침에 머리를 만져 꾸민다 한들 당신은 어차피 못 보잖아. 그럼 이게 다 무슨 소용이야?”

그렇구나. 이게 다 무슨 소용이람. '현타'가 왔다. 어차피 난 아침 일찍 출근해 저녁 늦게 들어오니 남편 머리를 볼 틈도 없는데, 내가 무슨 득을 보자고 거의 한 시간 가까이 이런 설전과 검색질을 한 건가. 남편은 내 말을 존중해주고 경청해주고 함께 대안을 찾으며 나에게 작은 희망까지 안겨줬다. 그뿐만 아니라 내 주장의 허점을 파고들어 인생무상까지 깨닫게 했다. 그리하여 이 논쟁의 진정한 승자는 역시 남편, 그대도다!

마지막으로 남편과 싸우지 않는 나의 고급 기술을 소개해보고자 한다.

부부간에 사소한 언쟁은 일상이다. 언쟁을 큰 싸움으로 만들지 않고, 즐거운 대화로 만드는 비법은 무슨 말을 하든지 마음속으로 하나, 둘, 셋을 센 다음 가볍게 심호흡을 하고 느긋하게 읊조려보는 것이다.

"음, 그럴 수도 있군."

일단 이렇게 하고 나면 '논리적이고 교양 있고 지적인' 내가 어떻게든 저 인간을 이해하기 위해서 두뇌를 풀가동하게 된다.

침대에 누웠는데 갑자기 목 뒤에 있는 여드름을 짜

달라는 남편. 아직 채 익지도 않았는데 억지를 부린다. 그런 남편을 보면서 일단 침착하게 '음, 그럴 수도 있지'를 시전한다.

"아아, 하지만, 하지만…… 정말 이해할 수 없다. 왜 익지도 않은 걸 짜려고 하는가. 익을 때까지 기다리면 되지 않는가. 영글기도 전에 어린 여드름의 싹을 자르려는 이 파괴자여! 그건 비인간적 행위는 피부에 상처만 낼 뿐, 여드름 관리에 전혀 도움이 되지 않는단 말이다. 그 파괴적 행위를 당장 중단하라!" 하고 외치고 싶지만 참는다.

'그래, 여드름 부위가 베개에 닿으면서 뭔가 엄청 거슬렸나 보다. 거울로 보기에 힘든 부위니 손으로 만지작거렸을 텐데, 계속 만지다 보면 손 감각이 둔해지면서 뭔가 튀어나왔다는 착각에 빠졌을지도 몰라. 그러니 자꾸 저렇게 짜달라고 떼를 쓰는 거겠지. 설령 다 익지 않은 걸 알더라도 익지 않은 여드름을 짜는 건 애초에 그의 오랜 습관이었어. 오래된 습관은 합리성과 논리성을 초월한, 강박적인 행동을 낳기 마련이지.'

이렇게 생각해보는 것이다.

그래서 친히 면봉까지 들고, 더 위생적인 방법으로 여

드름을 짜주는 '척'하는 수고를 마다하지 않는다. 내가 이렇게 당신을 위한다며 생색도 낸다. 결과는 바뀐 게 없다. 그의 목덜미 여드름은 여전히 붉으죽죽하게 자라고 있고 나는 그의 강박을 온전하게 또는 절대적으로 이해할 수는 없다. 다만 '음, 그럴 수도 있지'를 읊조리며 최대한 상대방 입장에서 생각해볼 뿐이다. 평생 같이 살아야 하는 사람 아닌가.

별명이 꽃으로
피어날 때

별명에 대한 최초의 기억은 별로 좋지 않았다. 어렸을 때 내 별명은 주로 '털'과 관련됐다. 여자아이가 팔다리에 털이 많으니 애들 놀리는 게 최대 관심사인 개구쟁이들 사이에서는 꽤 쏠쏠한 소재였을 것이다. 그 녀석들은 무미건조하게도 나를 '털'이라 불렀고, 조금 별명답게는 '털보, 털녀'라고도 했다. 좀 더 상상력을 보태 '짐승', 영어 좀 배운 녀석들은 '비스트'라고 불렀다.

원초적이고 본능적인 털부자 별명들은 여중, 여고로 진학하면서 자취를 감췄다. 그 후로 특별한 별명 없이 지내다가 지금의 남편이 나에게 '나봉'이라는 별명을 하사했다. 데이트하면서 그가 좋아하는 프랜차이즈 돈가스집을 자주 갔는데, 이곳은 식전에 깨를 담은 그릇을 손님에게 준다. 음식을 기다리는 동안 손님이 직접 깨를 갈게끔 한 건데 깨를 다 갈고 나니 나중에 점원이 "깨봉치워드릴게요."라는 말을 했다. 나는 단순히 깨봉이란 단어가 참 귀엽다고 생각해 깔깔거렸다. 그런데 남편은 그 단어 하나에 영감을 얻어 나를 '나봉'이라 부르기 시작했다(내 이름 나현에 봉을 붙인 거다). 그것은 봉인 풀린 손오공마냥 돌을 깨고 나와 자유를 되찾은 나봉이의 역사적인 순간이었다.

처음에는 그 별명이 그다지 마음에 들지 않았다. 물론 '털'보다는 나았지만 '봉'이라는 소리가 어쩐지 촌스러운 느낌이었다. 하지만 남편은 나봉이가 참 찰진 별명이라면서 그때부터 이 세상 유일무이한 수집가, 일명 '봉 콜렉터'가 되어버렸다. 온갖 봉들이 탄생했다. 키가 작은 나봉이를 놀릴 때는 '쪼꼬봉', '짤봉', 불쌍한 나봉이는 '불봉이', 가끔 예쁜 짓 하면 '예봉이', 데이트하는 날 내복을 입고 와서 어쩐지 부끄러운 나봉이는 '내봉이', 과민성대장증후군이 터져서 다급한 화장실 에피소드가 나올 때는 '설봉이', 결혼했더니 '여봉이', 결혼하고 밖에 안 나가도 되는 주말이 오면 종일 안 씻는 나봉이를 보고 공포와 충격 속에서 지은 '더봉이', 그래서 온갖 핀잔을 듣고 마지못해 씻고 나오는 나봉이는 '깨봉이'. 나는 세상에 둘도 없는 별명 부자가 되어버렸다.

이 지경이 되자 이제 나도 스스로 나봉이라 부르고 있다. 더 나아가 개인기로 발전시켰는데, 피카츄의 "피카, 피카, 피카츄!"를 응용해 나는 "꼬봉, 꼬봉, 꼬꼬봉!"을 외치며 꼬봉이로 변신한다. 애니메이션 특유의 과장된 성우 목소리로 "꼬꼬봉!"을 외치면 남편은 진심으로 재밌어했다. 하지만 애교 넘치는 나봉이는 화가 나거나 우울해지면 나현이로 돌변한다. 남편 시점에서 나봉이와 나현이는 전혀 다른 자아인 거 같다고. 심지어 목소리까지 달라진다나. 나봉이가 한껏 고조된 즐거운 목소리라면 나현이는 이 세상 모든 귀찮음과 짜증을 담아낸 목소리라고. 자르면 둘이 되는 플라나리아마냥 나는 나봉이를 통해 나현이라는 나의 이중적인 성격도 더 잘 알게 됐다(쓰다 보니 나현이에게도 뭔가 음울한 별명을 하나 붙여줘야 할 거 같다).

무한대에 가까운 나봉이에 비해 남편은 무미건조하게 오빠라 불렀다. 사실 내가 부르는 애칭이 있긴 하다. 바로 순돌 아빠. 직접 부르지는 않지만 내 핸드폰에 남편은 '순돌 아빠'로 저장되어 있다. 손재주가 좋아 뭐든 잘 고치기에 붙여준 별명이다(맥가이버도 별명 후보였는데 그는 자신은 그렇게 전문적이진 않다며 극구 사양했다). 나와 같은 연배라면 80년대 추억의 드라마 〈한지붕 세가족〉을 알 것이다. 배우 임현식 씨가 자신에게 꼭 맞는 옷을 입은 듯 항상 뭔가를 고치고 있는 철물점 아저씨 순돌 아빠 역을 맡았고 어쩐지 그 이미지가 남편과 어울려 그대로 쓰게 됐다.

순돌 아빠는 처음에는 주로 내 노트북 윈도우를 밀었다가 다시 설치하는 일들을 수행했다. 그러다가 조직에 소속되어 일하지 않을 거라며 엑셀 따위는 쳐다보지 않다가 결국 공무원이 돼 엑셀을 만져야 하는 운명의 장난을 맞닥뜨린, 엑셀 바보인 나의 해결사가 됐다. 알고 보니 우리 남편은 엄청난 엑셀 전문가였다. 사무실에서 엑셀 작업을 하다가 '이거 뭔가 더 편한 방법이 있을 거 같은데'라는 생각이 들 때 남편에게 물어보면 바로 해결책이 줄줄 나왔다(본인 말로는 최대한 일을 효율적으로 하려다 보니 나온 꼼수들이라고).

컴퓨터에 무슨 일이 생기면 순돌 아빠를 찾을 수밖에 없다. 어느 날은 회사에서 내 컴퓨터 화면의 상하가 갑자기 바뀐 일이 있었다. 뭘 잘못 눌렀는지 모르겠지만 상하가 바뀌니까 마우스도 반대로 가니 뭘 어떻게 해결해야 할지 막막했다. 결국 순돌 아빠한테 SOS를 치니 금세 해결책을 찾아줬다. 처음에는 철물점 아저씨마냥 순박한 느낌의 순돌 아빠가 이제 '위기 탈출 넘버원'이 됐다. 근데 사실 남편은 자신의 이런 역할을 조금 즐기는 것도 같다. "에휴, 나봉이 하는 게 다 그렇지, 뭐." 꼭 이렇게 잔소리를 하면서 입가에 엷은 미소를 띠고 있는 건 대체 뭐람.

우리 집 마지막 멤버, 라니. 라니는 너무 귀여워서 그날그날 느낌 가는 대로, 자유 연상식으로 막 갖다 붙이고 있다. 매일 보지만 볼 때마다 귀엽다. 그래서 눈만 마주치면 "아니, 세상에 어쩜 이렇게 귀여운 멍멍이가 있나!"로 포문을 열고 "라니요(요들레요 같은 느낌이어서 부르기가 좋다), 라니 씨, 라니 찌(우리 집 제일 연장자이기 때문에 존중의 의미를 담아 '씨'를 붙여봤다), 라니르(아르르르르를 연상하는 르를 붙인다), 우리 예쁜이, 쪼꼬라니……." 라고 부르고 있다.

라니는 어떻게 불러도 자기 부르는지 알고 땡글땡글

한 눈을 반짝이며 고개를 갸웃갸웃한다. 이렇게 귀여운 강아지를 앞에 놓고 어찌 라니송을 부르지 아니할 수 있겠는가. 라니송은 너무 귀여운 존재를 영접한 후 필 충만한 상태에서 아는 노래들을 마구잡이로 개사해서 부르는 노래인데, 문제는 그날 부르고 그날 까먹는다는 데 있다. 퇴근하고 집에 들어가면 잠깐 반겨주고 자기 자리로 돌아가는 시크한 멍멍이에게 이리 와보라고 애원하는 내용이 주를 이루는 것 같지만 워낙 휘발성이 강해서 어떻게 옮길 수가 없다. 기억을 더듬어보면 이런 식이다.

(나비야) 라니야 라니야 이리 날아 오너라. 노랑 라니 흰 라니
(검은 별) 라니요(라니요) 라니요(라니요). 나타났다 잡히고 잡혔다가 사라지네
(섬집 아기) 언니가 섬 그늘에 굴 따러 가면. 라니는 혼자 남아 집을 보다가
(꼬마 자동차 붕붕) 붕붕붕. 아주 작은 라니씨. 꼬마 라니씨가 나간다

가족이 되면서 별명은 더 풍성해졌다. 월요일마다 주말 내내 함께 있었던 마누라와 라니가 보고 싶은 남편은 '마누라니'를 외쳐댄다. 봉 콜렉터답게 봉 수집도 멈추지 않고 있는데, 우리 집 차는 '차봉이', 노트북은 '컴봉이' 이런 식이다. 이름 붙이기를 좋아하는 걸 보면 우리 부부는 참 말장난을 사랑하는 것 같다. 그 말장난이 공감대가 되면서 우리의 이야기가 더 풍성해지는 기분이다.

김춘수 시인의 「꽃」처럼 하나의 존재가 다른 존재를 인식하고 불러줌으로써 상대방은 꽃처럼 환하게 피어난다. 시인은 이름을 부른다지만 더 나아가 사랑하는 이의 별명을 불러보자. 별명이 불리는 순간, 나와 당신은 세상에 둘도 없는 특별한 사이로 엮이게 된다. 이 세상에 나를 그렇게 부르는 사람은 그 사람밖에 없기 때문이다. 지금 사랑하는 사람을 뭐라고 부르고 있는가. 어쩌면 사랑하기 때문에 별명을 부르는 게 아니고 별명을 불러줬기 때문에 사랑하게 된 건지도 모른다.

조심해,
뚝 떨어져!

"길 조심, 차 조심, 사람 조심. 모든 걸 조심해야 해!"

아침마다 듣는 이 말은 어린아이를 등교시키는 엄마의 대사가 아니라…… 남편이 나에게 하는 아침 배웅 인사다.

나보다 출근이 늦은 남편은 항상 먼저 나가는 나를 배웅해준다. 지각할까 봐 허둥지둥 나가는 나를 붙들고 그는 신신당부한다. "차 조심해야 해!" 매일 지치지도 않고 차 조심을 강조하길래 어느 날 내가 반문했다.

"오빠, 나 출근하는 길에 차 없어. 인도로만 걷고 지하철 타잖아."

"그래? 그래도 차 조심해야 해. 걸을 때도 조심하고."

"흠…… 차라리 그렇게 조심해야 할 거라면 지하철의

사람들을 가장 조심해야 할 거 같은데."

"그래? 그럼 사람 조심도 추가."

남편 말에 토를 단 내가 잘못이다.

남편의 안전민감증 또는 안전제일주의 고집을 이해하지 못하는 바는 아니다. 원체 허술한 마누라가 밖에 나가서 사고를 치고 들어온 적이 한두 번이 아니기 때문이다. 버스에서 혼자 넘어지는 바람에 다리를 다쳐 깁스하고 들어오질 않나, 회식 중에 식당 화장실에서 넘어져서 이마에 혹을 달고 들어오질 않나, 에스컬레이터에서 가방이 뒤집혀 떨어진 물건을 줍다가 넘어지질 않나, 에스컬레이터에서 넘어진 날은 '그래도 오늘은 많이 다치지 않았다'라며 해맑게 웃는 마누라를 보고 있노라면 마음이 무거웠을 테지.

여기에 멍멍이 라니도 그의 불안한 마음에 부채질을 한다. 라니는 간혹 소파 끝이나 침대 끝에 떨어질 듯 불안하게 앉아 있는데, 문제는 라니가 아주 작은 멍멍이라 떨어지면 크게 다칠 수도 있다는 데 있다. 더구나 테이블 위에 음식이라도 올라오면 흥분하면서 소파 끝으로 더 바짝 다가가는데 그럴 때마다 앞다리는 왜 그렇게 미끄러지는지. 그럴 때마다 불안함이 폭발한 남편은 라니에게 소리친다.

"조심해, 뚝 떨어져!"

이 잔소리는 재작년 하반기 우리 집 최고의 유행어였다. 이렇게 된 데에는 사실 시댁 식구들의 공이 크다. 때는 시아버지 생신 기념으로 모두 모인 자리였다. 음식이 나오자 소파 끝으로 바짝 다가가서 킁킁대고 있는 라니를 향해 남편은 항상 하던 대로 '조심해, 뚝 떨어져!'를 외쳤다. 근데 한두 번만 잔소리하면 될 것을, 기분 좋게 술을 몇 잔 걸친 남편은 라니를 볼 때마다 약간 혀 꼬인 말투로 '조심해, 라니. 뚝 떨어져!'를 반복했고 이런 모습을 보고 식구들이 놀려대기 시작한 것. "걔가 바보도 아니고 지 알아서 안 떨어지게 잘할 텐데 별걱정을 다 한다."는 게 요지였다. 억울한 남편은 전에 라니가 침대에서 한 번 뚝 떨어졌다며 항변해봤지만 놀림거리를 찾은 사냥꾼들에겐 소용없었다. 결국 그날 '조심해, 뚝 떨어져!'는 남편의 '사서 하는 걱정'을 상징하는 말이 되어버렸다.

나는 안다. 물론 나도 남편의 잔소리를 놀림거리로 삼은 1인이지만 '조심해, 뚝 떨어져!'에는 이 위험천만한 세상에서 아내와 강아지를 지켜야 하는 책임감이 담겨 있다는 것을. 집안의 지붕이 되어 온갖 위험으로부터 가족을 지켜야 하는 것이다. 비유적인 표현이 아니라 그는 실제 우리 집 안전을 책임지고 있다. 집 인테리어를 총괄한다면서 이 건물에 소화기가 있는지 없는지도 모르는 아내를 대신해 소화기를 사다놓아야 했고, 외출하기 전이나 잠자기 전에 문단속, 창문 단속, 가스 밸브 점검을 하는 것도 그의 몫이다. 게다가 오래된 아파트 1층에 살면서 집 안을 노리는 온갖 벌레들로부터 가족을 지켜야 하는 막중한 책임까지 떠안아야 했다.

이 집에 신혼살림을 차리면서 기어 다니는 온갖 벌레는 다 본 거 같다. 다리가 기다란 머리카락 같은 거미(집유령거미라고 한다), 작고 단단한 거미(집가게거미라고 부른다), 그리마(다리가 많아 혐오스럽지만 알고 보면 온갖 해충과 바퀴벌레 알까지 먹는 익충이라고 한다), 쥐며느리, 좀벌레, 줄줄이 나오는 개미 등. 많은 벌레가 이 집에서 죽어 나갔다. 그중 제일 무서웠던 건 압도적인 크기의 꼽등이. 어떻게 그렇게 커다란 생명체가 꽁꽁 닫아놓은 집

안으로 들어올 수 있는지 의문이었지만 실물 꼽등이를 영접하고 한동안 나는 벌레가 웅크리고 있던 그 자리에서 꼽등이를 본 듯한 착각에 빠져 몇 번이고 그 자리를 다시 확인해야 했다. 남편은 그래도 "바퀴벌레랑 지네가 안 나온다는 게 어디냐."며 애써 나를 위로했지만 그 위로는 실상 자신에게 하는 말 아니었을까 싶다.

남편이라고 해서 어찌 처음부터 벌레를 잘 잡았겠는가. 그 역시 어린아이였을 때 벌레를 무서워했고 특히 아무리 때려도 죽지 않는 지네에 대한 깊은 트라우마를 갖고 있다. 하지만 벌레의 침투로부터 집 안을 지키기 위해 남편은 전사가 될 수밖에 없었다. 우선 기어 다니는 벌레가 내부로 들어오지 않게 하려고 베란다 입구와 현관 앞에 판데스라는 가루약을 뿌려 방어선을 구축했다. 이 가루를 밟으면 벌레가 죽는다는 건데 확실히 효과가 있었다. 수많은 벌레가 베란다를 넘지 못하고 가루 위에서 쓰러져갔다. 효과는 뛰어났지만 단점이라면 베란다를 전투를 위한 장소로 버려둘 수밖에 없다는 것. 결국 우리는 과감하게 베란다를 버렸다.

판데스 방어선을 뚫고 들어온 독한 녀석들과는 각개

전투를 치를 수밖에 없었는데, 주요 무기는 뿌리는 약과 파리채였다. 남편 덕에 에프킬라가 두 종류라는 것을 알게 됐는데, 날아다니는 벌레용(파란 병)과 기어 다니는 벌레용(빨간 병)이 있었다. 그는 손에 닿는 거리에 에프킬라를 놓고 지상전과 공중전을 치렀다. 나중에는 전기 모기채가 동원됐는데, 이 신박한 물건은 특히 산책하는 라니 앞에서 얼쩡거리는 모기를 처치하는 데 탁월했다. 강아지 산책 키트에 전기 모기채가 필수용품으로 등극하면서 모기에게 선빵을 날릴 수 있었다. 라니 앞에서 모기채를 휘휘 휘두르며 산책을 진두지휘하는 남편의 모습은 흡사 비장한 호위무사를 보는 듯했다. 모기채에서 파박! 파박! 소리가 낼 때마다 그의 표정에는 한껏 살생의 쾌감이 어렸다.

지상 세계의 벌레 문제는 천장의 위협에 비하면 새 발의 피였다. 천장 문제는 스케일이 남달랐다. 어느 날 화장실 천장 쪽에서 퉁퉁퉁 소리가 났는데, 알고 보니 그 정체는 오 마이 갓! 쥐였다! 쥐라니. 내 인생에 쥐라니. 살다 살다 별일을 다 당한다면서 정신줄을 놓은 아내에 비해 남편은 이를 악물고 상황을 헤쳐나갔다. 관리사무소 아저씨들에게 의뢰해 천장 안에 끈끈이를 설치했지만, 쥐가 어떻게 알고 함정을 피해 다니는 바람에 연달아 실패했다. 지지부진하던 쥐잡이는 결국 통로를 찾아 막으면서 끝났다. 우리 집 화장실 인테리어 공사를 했던 업체가 벽에 구멍을 냈는데, 그 구멍을 제대로 막지 않는 바람에 이 사태가 발생한 거였다. 어쨌든 입구를 막아 성공적으로 해결했지만 이게 다가 아니다. 산 넘어 산이라고 윗집 배관이 터지면서 주방 천장으로 물이 샜다. 예쁘게 꾸며놓은 집이 이렇게 망가졌다면서 다시 한번 신세 한탄을 하는 나를 다독이며 그는 꽤 의연하게 대처했다. 윗집은 결국 배관 공사를 하고 우리 집은 벽지를 다시 해야 했는데, 도배를 하기 전 물이 가득 차서 터질 것 같은 천장 벽지를 살살 찢어서 쏟아지는 물을 세숫대야로 받아낸 것도 남편의 몫이었다.

"조심해! 뚝 떨어져!"

추락할 거 같을 때 누군가 이렇게 외치면서 손 내밀어주는 건 감동적인 일이다. 그 손은 친구일 수 있고 가족일 수 있다. 매일 '조심해'를 외치는 남편은 매일 나에게 손을 내밀고 있는 것이리라. 어쩐지 내가 뛰어봤자 부처님 손, 아니 남편 손안이라는 기분이 들긴 하지만,

뭐 그럼 또 어떤가. 가장 힘든 순간, 가장 외로운 순간, 잔소리를 해대면서 서로의 뒤를 꼭 잡아준다면 이 험한 세상에서 잠깐이나마 안전할 수 있으니 그거면 괜찮지 않을까. 그래서 오늘도 어김없이 차 조심을 외치는 남편의 잔소리를 순순히 받아들이기로 했다. 사실 그가 입에 달고 사는 이 잔소리는 어떤 말보다 끈끈한 그의 사랑 고백이다. 그 따뜻한 걱정 덕에 나는 낭떠러지에서 떨어지지 않고 오늘도 버틸 수 있다.

여행 메이트
남편

"바르셀로나에만 9박 10일을 머문다고?"

"네."

회사 동료들이 의아해했다.

"그 정도면 스페인 전역 한 바퀴 다 돌겠다."

"그렇긴 한데. 저는 한 도시에 오래 있는 걸 좋아해서요."

"그래. 뭐 여행, 자기 스타일대로 가는 거지. 가족들이랑 가는 거야?"

"네, 남편이랑 둘이 가요."

"헉, 어떻게 남편이랑 9박 10일을 붙어 있을 수 있어?"

때론 나에겐 너무 당연한 생각이 타인에게는 낯설게 느껴지는 바로 이 순간. 누군가에겐 화장실 갈 때 빼고 열흘 동안 배우자랑 꼬박 붙어 있겠다는 건 곤욕스러운 일이 될 수도 있다는 사실을 처음 알았다. 하지만 연륜 있는 선배님들의 경험치를 절대 무시해선 안 된다. 곰곰이 생각해보니 결혼해서 둘만 붙어 있는 일이 많지 않았다. 함께 붙어 있고 싶어서 결혼했지만 평일에는 각자의 일터에서 일하고 들어와 집에서 잠깐 얼굴 보는 게 다다. 주말에는 둘이 붙어 있긴 하지만 종종 뭔가를 배우러 가거나 다른 약속이 있거나 하는 식으로 항상 종일 붙어 있는 건 아니다. 가장 오래 붙어 있었던 건 몇 년 전 추석을 낀 황금연휴였다. 집돌이 집순이 모드로 꽤 긴 시간을 같이 빈둥거리긴 했지만 그때도 양가 어른들 집에 다녀왔으니, 9박 10일 이렇게 오래 붙어 있기는 사실 처음인 것이었다.

생각이 여기까지 미치자 살짝 긴장되긴 했다. 낯선 타지에서 서로 빼도 박도 못하고 꼭 붙어 있어야 할 텐데 잘 지낼 수 있을까. 우리는 과연 서로에게 좋은 여행 메이트가 될 수 있을까.

결론적으로 안 싸운 건 아니다. 딱 한 번 싸웠다.

그것도 가장 기대했던 가우디의 대작, 사그라다 파밀

리아 성당에서.

사건의 전말은 이렇다.

안 그래도 소매치기로 악명 높은 바르셀로나. 우리는 그곳에서 첫날 쿠킹 클래스를 들었는데, 이탈리안 셰프 왈, 자기는 심지어 소매치기에게 귀고리까지 뺏길 뻔했다는 것이다. 귀에 붙어 있는 귀고리를 확 잡아당겼단다. 듣기만 해도 귀에서 피가 뚝뚝 떨어지는 모습이 상상되는 무서운 이야기였는데, 그게 남편의 마음에 엄청난 불신의 씨앗을 심어놨다.

성당에 가는 날, 나는 길게 늘어진 귀고리를 착용했다. 찰랑찰랑한 귀고리가 남편의 마음에 심어진 불신의 씨앗의 싹을 틔웠다. 게다가 내가 휴대폰을 손에 들고 다니겠다고 하자 불신의 나무는 잭의 콩나무처럼 순식간에 거대해져 그의 마음을 덮어버렸다. 나는 소매치기를 방지하기 위해 가방과 휴대폰을 안전고리로 연결해서 다녔는데 그걸 빼고 안전고리를 손목에 하겠다고 하자 불신의 나무는 결국 폭발했다. 그리고 동시에 나도 삐졌다.

"오빠, 내 귀고리는 말이야. 그 셰프 것처럼 진짜 금도 아냐. 만 원도 안 하는 싸구려라고. 이런 걸 누가 훔쳐가겠어. 그리고 가방에 안전고리를 하니까 핸드폰을 꺼내서 사진 찍기가 너무 불편해. 그리고 당신이 나 예쁘게 찍어주겠다고 계속 셔터 누르는데 가방에서부터 삐어 나온 스프링 줄이 사진 분위기를 다 망치고 있어. 그러니까 손목에 스트랩처럼 걸게. 이 정도로도 충분할 거 같아."

"안 돼. 소매치기범들은 당신 귀가 찢어지든 말든 상관 안 할 거야. 그러니 귀걸이가 비싸든 싸구려든 상관없다고. 그리고 스트랩은 손목에서 쉽게 빠질 수 있어서 안 돼."

나는 사방이 스테인드글라스로 아름답게 물든 성당 안에서 갑자기 숨이 턱 막혔다. 얼음처럼 온몸이 굳는 것 같았다.

"나를 아무것도 못 하는 어린애 취급하지 말라고! 내 몸 하나 지키지 못하는 사람 취급하지 말란 말이야!"

남편이야말로 이렇게 외치고 싶었을 것이다.

'이 아무것도 모르는 허당 마누라야. 네가 얼마나 허당이면 내가 이렇게까지 하겠냐. 그러니 제발 내 말 좀 들으라고.'

남편은 정말 내가 걱정돼서 그러는 거라는 걸 안다. 하지만 나는 내 액세서리마저 불편해하는 그의 마음은 너무 과하다고 생각했다. 그는 '안전제일 여행'을 목표로 삼고 '뭐든 조심하고 볼 일이다'를 행동지침으로 무장한 나머지 내가 숨이 막힐 정도로 통제하고 있었다. 내 딴에는 '이 정도면 안전하다'라는 기준이 그에게는 전혀 안전하지 않은 기준이었다. 그러니 그의 입장에선 자기 뜻대로 따라주지 않는 나에게 화가 났던 것이다.

결국 서로 말없이 성당 안을 배회했다. 그는 성당 내부를 찍고 나는 어슬렁어슬렁 걸어 다녔다. 따스한 빛이 일렁이는 흡사 천국 같은 곳에서 싸우다니, 마음은 지옥이 따로 없었다. 남편은 입이 한 댓 발 나온 나를 카메라에 담더니 한숨을 푹 쉬고 다시 말을 걸어왔다.

"좋아. 당신 하고 싶은 대로 해. 귀고리를 뭘 하든, 휴대폰을 어떻게 갖고 다니든 내가 상관하지 않을 거야. 그리고 무슨 일이 일어나면 나는 그냥 모른 체할 거야. 그건 당신이 하고 싶은 대로 하다가 잘못된 거니까."

여전히 화가 안 풀린 상태니 저런 말이 나온 거다. 나는 나고 너는 너다. 흥칫뿡. 나는 반발한다.

"됐어. 그게 뭐야. 아무 상관도 하지 않겠다니. 내가 나쁜 일을 당하면 당신은 최선을 다해서 나를 도와줘야 하는 거 아냐? 그게 무슨 말도 안 되는 소리야. 나 하고 싶은 대로 하라고 말하면서 나를 이해하는 척할 뿐 진짜 받아들인 게 아니잖아."

우리는 한참을 말없이 성당 의자에 앉아 있었다. 누가 봐도 싸우고 있는 커플의 모습이었다. 전 세계 사람들이 득실거리는 관광지에서 말이다. 결국 남편이 접고 들어왔다.

"그래, 당신 하고 싶은 대로 해. 당신 말대로 당신에게 무슨 일이 생기면 나는 그 사태를 해결하기 위해 최선을 다해 당신을 도와줄 거야. 하지만 내 말을 듣지 않고 부주의하게 행동했던 당신을 최선을 다해 비난할 거야. 내 말을 안 듣더니 그렇게 됐다고 불같이 화를 낼 거야."

"그래, 알았어."

이 정도면 받아들일 만하다고 생각했다. 그의 입장에선 이런 상황에서 자기 말 안 들어서 일을 만들었다고 화내는 건 당연한 감정의 흐름이라 느껴졌다. 이렇게 타협안을 만들고 자유를 쟁취했다. 찰랑거리는 귀고리를 마음껏 하고 다녀도 되고 휴대폰도 가방에서 떼어낼 수 있었다. 타협안이 100% 마음에 드는 건 아니지만 지상 최대 안전주의자인 남편이 이 정도로 물러섰다는 건 꽤 큰 성취라고 생각했다.

우리는 무사히 여행을 마쳤다. 오히려 이 작은 다툼 덕분에 여행지에서 한 번도 싸우지 않았다는 비현실적인 말을 하지 않을 수 없었다. 여행 중에 의견이 안 맞으면 싸울 수 있지만 결국 좋은 여행 메이트는 또 붙어 다니기 위해 타협안을 찾을 수 있는 사람이리라. 그런 면에서 남편은 더 현실감 넘치는 여행 메이트였다고 할 수 있었다.

아니, 어쩌면 그는 생각보다 더 훌륭한 동반자일지 모른다. 나를 예쁘게 찍어주기 위해 땀을 뻘뻘 흘렸고 내 무거운 짐도 들어줬다. 짐 들어주기의 최고봉은 역시 감자칩 통 들어주기였다. 내가 커다란 페인트 통에 든 감자칩(일명 보닐라 감자칩)을 사야 한다고 우겨대서 그 큰 통을 들고 먼 길을 걸어주었다. 양손에 우스꽝스러운 통을 들고 다니는 자신을 사람들이 자꾸 쳐다본다고 부끄러워하면서도 말이다.

사진가이자 짐꾼 캐릭터까지 얻은 여행 메이트 남편의 최대 능력은 사실 감동하는 능력이었다. 이거야말로 여행 메이트로서 최대 자질 아닐까. 같은 장소에서 나와 같은 걸 봤지만 뭔가 다른 걸 느끼고 적당한 타이밍에 적절한 감상을 내뱉는 능력 말이다. 어디였던가. 몬세라

토에서 파란 하늘이 눈부신 청명한 날씨에 감탄하고 있을 때였다. 그가 다른 쪽 하늘을 가리키며 "저기 봐봐!" 라고 외쳤다. 거기엔 비행기가 남기고 간 하얀 구름들이 낙서처럼 얽힌 장관이 펼쳐져 있었다.

그러고 보니 전에 푸켓 신혼여행 때도 비슷한 일이 있었다. 불 꺼진 비행기 안이었다. 졸고 일어났는데 창가 자리에 앉은 그가 가만히 속삭였다. "이거 봐봐." 그가 조용히 창문을 여니 창밖으로 펼쳐진 건…… 수많은 별의 향연이었다. 비행기 안에서 보는 별은 땅에서 보는 별과 달랐다. 그 별이 유난히 더 반짝였다고 느낀 건 실제로 높은 데서 봤기 때문에 그럴 수도 있지만 그 순간을 남편이 발견해줬기 때문이었다. 호기심 많은 여행 메이트를 만나서 다행이다. 비행기를 처음 탄 아이도 아닌데 여전히 창문 밖이 궁금해서 몰래몰래 창밖을 보는 사람. 그러다 보면 별도 만나고 구름도 만나고 그렇게 더 넓은 세상을 만날 것이다. 이 여행 메이트와 계속 여행하다 보면 어떤 재밌는 일이 생길까. 그렇게 또 두근두근해진다.

세상에서 나를 가장 예쁘게 찍을 줄 아는 사람

"남편은 사진작가신가요?"

바르셀로나 여행 중 간간이 현지 가이드 투어를 다녔는데 가이드가 우리 커플에게 이렇게 물었다. 그럴 만했다. 다들 스마트폰으로 사진 찍고 있을 때 남편 손에는 엄청나게 큰 카메라가 들려 있었으니까. 우리는 가이드가 예약해준 점심도 취소했다. 단지 사진 찍을 시간이 부족하다는 이유로.

우리 남편, 본인은 절대 아니라고 부정하지만 내 관점에선 아마추어 사진작가와 다름없다. 특히 이 세상에서 나를 가장 예쁘게 찍을 줄 아는 작가님. 그래서 이번 여행을 딱 한 줄로 줄여보면,

"지금까지 여행은 늘 이랬다. 이것은 관광인가! 화보

촬영인가!"

좋은 배경이 나타나면 여느 관광객처럼 핸드폰으로 뚝딱 찍고 지나가지 못한다. 한자리에서 수십 장 찍는 일은 다반사. 특히 작가님이 사랑하는 빛, 석양이 질 때쯤의 애잔하면서도 따스한 빛이 들어오는 순간은 완전 노나는 타임. 그땐 정말 미친 듯이 찍는다. 땀을 뻘뻘 흘리고 얼굴이 새카맣게 타서 피부가 벗겨져도 아랑곳하지 않는다. 벗겨지는 피부가 안쓰러워서 모자라도 썼으면 좋겠는데, 그러면 눈앞에 그늘이 져서 사진을 찍을 수가 없단다. 좋은 사진을 찍을 수 있다면 벽돌처럼 무거운 카메라도 들고 다닐 수 있다고 젊은 날에는 호기롭게 외쳤지만, 지금은 DSLR 바디, 렌즈, 플래시를 나름 여행용 경량화 세트로 구성해서 들고 다닌다(내 기준에서는 이것도 무거워 보이지만). 더구나 본인이 사진에 나오는 건 정말 싫어해서 쉬지 않고 나만 찍어대니 그 모양새는 딱 작가와 모델이다.

나 역시 모델 일에 익숙해졌다. 지난 일본 여행 사진이 망한 이유는 모델인 내 잘못이 컸다. 편하게 여행한답시고 통 크고 후줄근한 옷만 입은 것이 문제였다. 첫

유럽 여행 사진을 망칠 수는 없다. 이번엔 인생 사진을 찍겠다는 각오로 나름 옷과 액세서리를 엄선해서 한 트렁크 싸갔다. 물론 관광도 같이 해야 하기에 정말 모델처럼 하이힐에 쫙 붙는 새 옷을 입고 찍을 수는 없었다. 하지만 남편이 나 예쁘게 찍어주겠다고 저리 몸을 아끼지 않고 찍는데 나도 뭔가를 해야 할 것 같아 의상과 포즈를 연구했다. 등산 때문에 청바지에 맨투맨 티셔츠를 입더라도 내 피부톤에 어울리고 사진도 예쁘게 나올 거 같은 오렌지색 티셔츠를 골랐고, 성가족성당의 성스러운 분위기에 어울릴 옷을 고민하다 하얀 원피스를 코디해봤다. 특히 이번 여행에서는 작가님의 촬영 의도까지 캐치해 빛이 쏟아져 내리는 창문 앞에 미리 서서 포즈를 취해 칭찬까지 들었다. 이 정도면 나도 아마추어 모델쯤 되는 것 아닐까. 이제 손발이 척척 맞고 있다.

여행이 끝나고 집으로 돌아오면 남편은 신중하게 사진을 골라 편집을 한다. 편집에도 자기만의 원칙이 있는 작가님께서는 내 짧은 팔다리를 길게 늘여주시거나 팔뚝을 가늘게 만들어주는 사진 다이어트 따위는 단호하게 거부한다. 한때는 내 피부를 물광 피부로 만들어주는 노가다를 해주긴 했는데, 언젠가부터는 플래시를 터

뜨려 얼굴이 환하게 나오니까 그마저도 안 해준다. 사진 속 나는 얼굴에 기미와 잡티가 섞여 보이고 가끔은 여독으로 눈이 풀려 있기도 하다. 내가 제발 지우라고 애원하는 이런 굴욕 사진은 남편 개인 소장 컷이 되고 예쁘게 편집한 사진 중에 골라낸 베스트 컷은 인화해서 앨범에 정리한 '나봉 화보집'을 만들어야 비로소 여행은 끝난다. 이렇게 책장엔 여러 화보집이 쌓여간다.

그날도 길게 늘어진 지로나의 성곽을 배경으로 촬영에 여념이 없었다. 구름 한 점 없는 쨍한 날씨는 사진 찍기에 100% 완벽했다. 그렇게 그를, 그의 렌즈를 한참 바라보다 문득, 그의 사진을 모아서 언젠가 개인전을 열어도 좋겠단 생각이 들었다.

"나중에 말이야, 당신 사진으로 개인전 열어보자."

"에잇, 누가 내 사진 보러 오겠냐. 내가 대체 뭐라고."

"왜!? 한 가지 일만 죽도록 하면 그게 작품 세계가 되는 거지, 뭐."

"그런가."

"응, 못할 거 뭐 있나. 내가 열어줄게!"

여행이 좋은 건 이런 기막히게 멋진 생각을 해낼 수

있다는 거 아닐까. 일 저지르기 좋아하는 나는 해야 할 목록 하나를 더 추가할 수 있었다. 이런 꿈을 꿀 수 있다는 것 자체가 기뻤다. 사실 나는 그의 모델이면서 또한 열렬한 팬이기도 하니까.

“우리, 나이 들어서도 이렇게 사진 찍으면서 놀까?”

문득 또사데마르의 옛 고성에서 머리가 허옇게 센 할아버지가 손을 부들부들 떨면서 성곽을 올랐던 모습이 떠올랐다. 할아버지 목엔 카메라가 걸려 있었다. 넘어질 듯 한 걸음 한 걸음 걷지만, 멀리 바다를 조망하는 멋진 한 컷을 찍겠다는 할아버지의 의지를 꺾을 수는 없을 거 같았다. 이미 답이 정해진 질문이었다. 사진 찍는 걸 좋아하는 남자와 사진 찍히는 걸 좋아하는 여자가 만났으니 천생연분이네.

OUTRO

설령 내가 당신을 묻어주더라도

우리가 한날한시에 같이 죽는 건 영화에서나 나올 법한 이야기일 거다. 영화 〈노트북〉에서 할아버지 할머니가 된 노아와 앨리가 한 침대에서 잠들다 죽는 것처럼 말이다. 영화니까 가능한 거다. 현실에서 나와 남편이 동시에 이 세상을 떠나려면 자동차나 비행기를 타다가 사고가 나서 함께 죽거나 아니면 더 현실적인 방법으로는 동반 자살을 기도하는 방법밖에 없을 것 같다. 하지만 그렇게 죽고 싶지는 않다. 실존주의에서는 자살이 인간이 할 수 있는 자유의지의 실현이라고 하지만, 나는 내 인생이 자연스럽게 마무리됐으면 좋겠다.

해가 저물 무렵, 우리는 함께 하늘을 바라본다. 내가 묻는다.

"오빠는 해 지는 시간이 왜 좋아?"

"아련하잖아. 그 빛을 바라보고 있으면 왠지 나른해지는 거 같아. 사진 찍으면 정말 아름다운 빛이야."

"나도 석양이 좋아. 석양이 왜 아름다운지 알아?"

"왜 아름다운데?"

"저물어가는데 아름다운 건 정말 특별한 일이거든. 대부분 젊은 시절에 인생의 황금기를 보내고 노년에는 쓸쓸하다고 하잖아. 내 인생의 끝도 저렇게 아름다울까. 괜히 그 끝이 추하고 가여울 것 같아 마음이 울컥하다가도 석양을 보면 위안이 돼. 어쩌면 나도 저렇게 아름답게 저물어갈 수 있지 않을까, 하고 말이야."

"……."

이제 나는 안다. 나의 저무는 시간뿐만 아니라 내 남편의 저물어져가는 모습도 바라보며 함께 노을빛이 돼야 한다는 것을. 나는 내 마지막만 생각하며 나만 고독하지 않으면 된다고 생각한 사람이었는데, 한 사람과 인생의 동반자가 되어 함께 살아가면서 그의 마지막도 생각하게 됐다.

이제 안다. 나 홀로 외롭게 죽어가는 것보다 더 두려운 것은 당신 없는 세상에 홀로 살아가야 한다는 사실이라는 것을. 누군가를 사랑한다는 것은 그 사람의 죽음까지도 끌어안고 살아갈 수 있는 용기라는 것을. 그 사랑이 나를 절망의 낭떠러지 앞에 무릎 꿇게 만들지만 결국 그 사랑이 나를 일으키리라는 것을. 사랑의 의미를 깨닫자 가슴 깊은 곳으로부터 붉은 노을빛이 서서히 차올랐다.

석양 아래서 다시금 나의 인어공주 이야기를 떠올려봤다. 그것은 단순한 동화가 아니었다. 나는 내 이야기의 주인공이 되어 자신의 한계를 극복하고 자기를 긍정하면서 결국 사랑하는 왕자님을 만난 나만의 동화를 써 내려가고 있다. 바다의 인어공주와 지상의 왕자가 만난 것처럼 사랑이라는 것은 전혀 다른 세계에서 살던 사람이 만나는 것이고, 기존의 세계를 버리고 새로운 세계를 개척할 용기로 상대에게 다가가야만 상대방도 진심으로 마음의 문을 열 수 있을 것이다. 인어공주는 사실 바다에서보다 지상에서 더 자유로울 수 있었다. 사랑하는 사람을 위해 온전히 자신을 내려놓을 수 있었기에. 그렇게 나는 인어공주처럼 한 발…… 한 발…… 조심스럽게 발을 내디딘다.

어쩐지 나는 발에 꼭 맞는 웨딩슈즈를 신고 있다. 꽃길이다. 다시 한 발…… 나는 위대한 성과를 이룬 위인은 아니다. 세계 평화를 위해 일하는 저명한 정치인이 된 것도 아니고, 유명한 영화배우가 된 것도 아니다. 하지만 내 길 역시 위대했다. 다시 한 발…… 내 한계를 받아들이고 자신을 사랑하기로 했다는 것만으로 내 인생의 길을 스스로 꽃길로 만들었다. 또 한 발…… 나는 그렇게 홀로 자유로운 사람이었는데 당신을 만났다. 당신에게 다가가기 위해 한 발 한 발 힘차게 내디딘다. 이제 당신 앞이다. 당신을 사랑하면서 나는 더 크고 자유로운 사람이 되었다. 아련한 석양빛 아래 당신은 우리 집 1층 베란다에 서서 나에게 손을 흔들고 있다. 나는 다시 씩씩하게 한 걸음 내디딘다. 환하게 웃으며. 한 발…… 한 발…….

글을 마치며

누구나 자신의 삶 앞에 붙일 형용사를 찾을 수 있길

"팀장님, 저 드디어 책 나와요!"

"어머, 축하한다. 그렇게 작가가 되고 싶어 하더니, 결국 해냈구나. 무슨 책이니?"

"에세이 『2인 가족의 티스푼은 몇 개가 적당한가』예요."

"딩크족으로 사는 이야기를 결국 책으로 쓴 거야? 세상에! 이 세상에 나오지 말아야 할 책이 나왔구만!"

역시 솔직한 발언을 하는 오 팀장님이다.

자식 예찬론자인 팀장님 앞에서 능청맞게 아이를 낳지 않을 거라고 말했던 나. 그런 내 말에 답답한 듯 가슴을 치다가 결국 "그래, 아이는 가성비 제로인 거 같아."라며 쿨하게 인정해줬던 분. 누구보다 자신의 삶을 사랑하는 사람이기에 타인의 삶도 소중하다는 걸 아는 팀장님은 내가 행복한 게 제일 중요한 거라며 나를 응원해줬다. 나 역시 항상 자식들을 존중하는 어머니로서의 그녀의 삶을 진심으로 존경한다. 그런 팀장님이니 "세상에 나오지 말아야 할 책이 나왔다." 하고 말하는 건 정말 그녀답게 화끈하고 유쾌한 말이 아닐 수 없었다. 그 말에 나는 빵 터져버리고 말았고 우리는 한참을 깔깔깔 웃어댔다.

"근데요, 팀장님 군대 간 아드님은 잘 있어요?"

"아니, 글쎄, 걔가 군대 제대하고 수능을 다시 본단다."

"왜요? 지금도 우리나라 최고 명문대 다니잖아요."

"의대 가고 싶대. 자기가 다니는 과가 자기 꿈하고는 좀 거리가 멀었나 봐. 걔 꿈이 불치병 연구하는 거잖아. 그래서 과를 바꿔야 할 거 같다고 다시 수능을 본단다."

"그래도 자기 꿈이 분명한 게 엄청 멋진걸요. 역시 뒷바라지 확실하게 해줄 엄마가 있어서 그런가. 다시 공부할 용기가 대단해요."

"몰라, 몰라. 다 키운 줄 알았더니, 그래도 자식이 공부한다는 데 지원해줘야지."

"걱정하지 마세요. 똑똑하니까 잘 해낼 거예요."

팀장님은 여전하다. 자식 이야기에 목소리가 들뜬다.

전화 너머 표정을 보지 않아도 알 거 같다. 사랑하는 아이 이야기에 반짝거릴 눈을. 그리고 나도 여전하다. 결혼하고 아이를 낳지 않겠다고 당당하게 말하는 책까지 써 내는 거 보면. 어쩌면 팀장님 말처럼 이 책은 세상에 나오지 말아야 할 위험한(?) 책일지도 모른다. 누군가는 뭐 잘한 게 있다고 아이 없는 삶을 책으로까지 냈냐고 괜히 불편해할지도 모르겠다. 그렇지만 어쩌면 누군가를 불편하게 만들 책이었기에 오히려 꼭 쓰고 싶은 열망이 있었다.

어린 시절, 나는 아무런 편견 없이 온갖 책을 다 꺼내 읽었다. 하지만 어른이 되면서 점점 내 생각이 맞다고 지지해줄 소위 쉬운 책만 찾아보기 시작했다. 불편한 책은 피하고 쉬운 책만 찾으니 어느새 내 시야가 편협해지는 걸 느꼈다. 나는 조금은 불편하지만 솔직한 글을 써서 더 많은 사람과 소통하고 싶었다.

이 글을 쓰면서 딩크로 산다는 것은 누군가가 자기 몫의 삶을 살아가고 가족을 이루는 삶의 한 방식이며, 결혼과 출산은 누구나 선택할 수 있는 삶의 한 항목이라는 걸 말하고자 했다. 보통과는 조금 어긋난 거 같지만 결국 내 삶도 지지고 볶고 남들과 다를 것 없는 그저 사람 사는 얘기다. 평행선을 달리듯 나와는 전혀 다른 삶을 사는 오 팀장님이 내 책이 나왔다고 축하해주고, 나 역시 팀장님의 자식들을 응원해주듯이, 이 책을 읽고 자신의 삶을 사랑하는 만큼 다른 이의 삶도 응원해줄 수 있는 여유로운 관점이 독자들의 마음에 싹텄다면 그것만으로도 작가로서 행복할 것이다.

'딩크로운 삶.' 내 삶 앞에 붙인 이 형용사가 참 좋다. 내가 내 삶에 딱 어울리는 형용사를 찾았듯이, 당신도 자신의 삶 앞에 놓을 형용사 하나쯤은 찾았으면 좋겠다. 그리하여 당신의 '어떠어떠한' 삶도 하나의 이야기가 되길 바란다. 그 재미있는 이야기를 나는 열렬하게 듣고 싶다.

끝으로 '이 세상에 나오지 말아야 할 책(!)'을 과감하게 출판해주신 출판사 관계자분들께 깊이 감사드린다. 언제나 나를 지지해주는 우리 부모님과 항상 내 편인 남편에게도 고맙다는 말을 전한다.